passion

of the books, by the books, for the books

Как работал Гоголь

Гоголь, Николай Васильевич

果戈里是怎樣寫作的

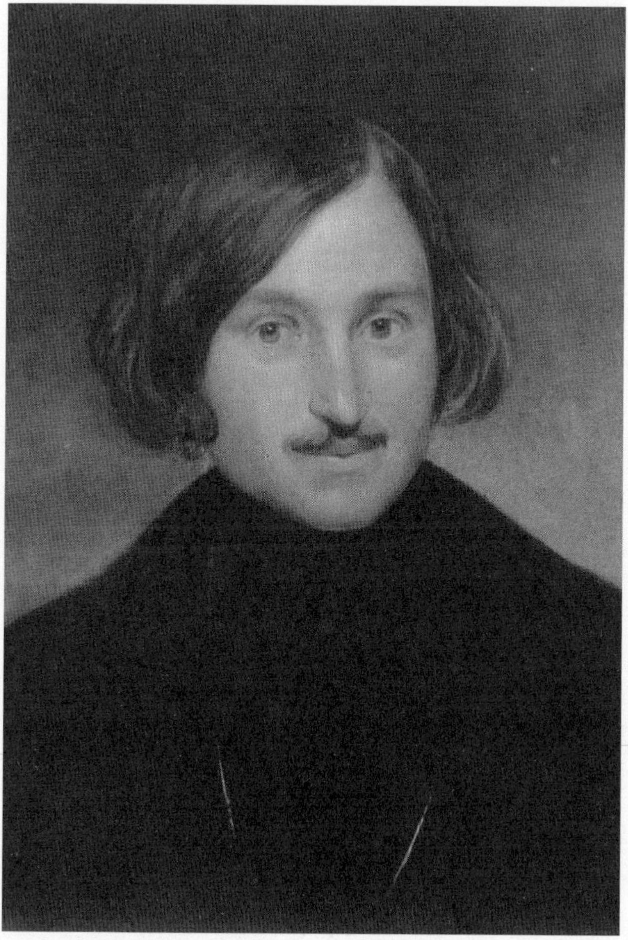

果戈里像，莫萊（Ф Моллера）作。

目錄

譯序

魯迅先生的遺願

藍英年

魯迅先生曾說過，有志於文學創作的青年不僅要從大作家已經完成的作品中學習「應該這麼寫」，還要從他們未完成的作品中學習「不應該那麼寫」。因爲「必須知道了『不應該那麼寫』，這才會明白原來『應該這麼寫』的。」

「這『不應該那麼寫』，如何知道呢？」魯迅先生接著說道。「惠列賽耶夫的《果戈里研究》第六章裡，答覆著這問題——

應該這麼寫，必須從大作家們的完成了的作品去領會。那麼，不應該那麼寫這一面，恐怕最好是從那同一作品的未定稿本中去學習了。在這裡，簡直好像藝術家在對我們用實物教授。恰如他指著每一行，直接對我們這樣說——你看——哪，這是應該删去的。這要縮短，這要改作，因為不自然了。在這裡，還得加些渲染，使形象更加顯豁些。

「這確是極有益處的學習法，而我們中國偏偏缺少這樣的材料。」[1]

魯迅先生還在一封信裡建議將這本書譯成中文：「《果戈里怎樣工作》我看過日譯本，倘能譯到中國來，對於文學研究者及作者，是大有益處的……」[2]

魯迅先生兩次強調對文學研究者及作者大有益處的教材——《果戈里研究》或《果戈里怎樣工作》，即《果戈里是怎樣寫作的》這本書。作者惠列賽耶夫即俄國著名作家魏列薩耶夫。

魏列薩耶夫不僅是著名的作家，也是卓越的文學研究家。他所編纂的《普希金資料匯編》（1926—1927）和《果戈里資料匯編》（1933）都是內容極其豐富的作家傳記材料。《果戈里是怎樣寫作的》是他在編纂《果戈里資料匯編》的過程中，應布拉果依院士之請，爲合作出版社所寫的一本探討果戈里寫作方法的書。

魏列薩耶夫在這本書裡探討了果戈里寫作的整個過程：如何搜集材料，如何構思，如何寫作，寫好後如何修改，出版後如何聽取旁人意見，等等。他所引用的材料全部出自果戈里的書信、札記以及果戈里同時代人的書信、回憶錄，讀起來親切可信。

作者在研究果戈里的寫作方法時，不僅把他當作一位偉大的諷刺作家，同時又把他當作一個世界觀相當矛盾的人。他一方面充分肯定果戈里揭露沙皇俄國的現實意義，另一方面也指出他的創作力衰退，乃至發表讚揚專制農奴制的觀點，是他世界觀中的反動因素所決定的。魏列薩耶夫既不爲偉人諱忌，也不盲從權威。他認爲別林斯基在〈致果戈里的一封信〉中說果戈里發表《與友人書信選》是爲了阿諛權貴以便謀求官職，是絕對錯誤的。這種坦率的態度在以後出版的論述果戈里創作的專著中是罕見的，當然也有偏激之處。比如他認爲果戈里身上集中了他筆下人物的惡劣品質，不然果戈里便創作不出這些形象。寫壞蛋的人一定是壞蛋的邏輯當然是荒謬可笑的。原著中也有不少草率之處，引文中經常出現錯字，刪去的地方不加刪節號等。這些地方現在已根據果戈里的原著改正過來。

我們青少年時期讀過的書當中，常常有一兩本書給我們留下較深的印象。孟十還譯的《果戈里是怎樣寫作的》就是給我印象較深的一本書。初次讀到它的時候是在一九四九年秋天。記得當時立即被書中豐富有趣的材料吸引住了，但有不少地方讀不懂。比如，第一頁就有這樣一句話：「……在蒼白的，甲狀腺腫的萎縮的幻想上面，果戈里走過了他底一生……」「甲狀腺腫的萎縮的幻想」是什麼樣的幻想？怎麼也想像不出來。《死靈魂》裡的人物明明是一群面目可憎的地主，本書作者怎麼竟把他們稱爲英雄呢？而且各個都是英雄。後來學了俄語，才明白英雄和人物在俄語裡是同一個詞，譯者誤把人物譯成英雄了。由此對其他不理解的地方也懷疑起來，也許譯者沒表達清楚吧。這時便產生了閱讀原著的願望。但原著一直找不到。一九三三年蘇聯出版過一次，以後沒再版，並且只印了五千冊，到哪兒去找呢。五〇年代以後這種心思也就沒有了。

一九七七年五月到福州參加魯迅譯文序跋注釋討論會，與戈寶權先生同住一層樓上。閒談時提到這本書，他說一九三五年到蘇聯採訪時買到過，回去替我找找看。回北京後我去看他時，書已經擺在桌上了。我看到這本淡藍色封皮的舊書心裡很激動。尋覓了二十多年的書終於找到了。

讀完原著後才發現舊譯文中確實有不少錯誤。幾段難譯的段落和一首民歌也被刪掉。於是我決定重譯這本書。翻譯初稿時《死靈魂》和《密爾格拉得》的新譯本還未出版，引用這兩部作品的地方仍採用了舊譯文。譯文訂正的時候我都改用滿濤和許慶道同志的新譯文，只在個別地方略做改動。今年七月在煙台開會的時候我已向《死靈魂》譯者之一許慶道同志致謝，遺憾的是滿濤同志已經去世，不能向他表示謝意了。

與原著等值的譯文只是譯者的一種美好願望。能做到中文簡潔流暢，又能多少傳達出原著的風格已經很不容易了。多少譯者曾爲自己的文字不簡練，傳達不出原著的風格而苦惱啊！苦惱也許也是一種推動力，起碼推動我對本書八〇年譯本做了一次逐字逐句的修改。結果如何呢？也許仍然是苦惱吧。

一九八五年八月

1 《魯迅全集》第六卷，二四六頁。

2 《魯迅書信集》下卷，八四一頁。

1

奧斯卡・王爾德[1]曾經說過：「大作家的生活往往非常乏味；他們把精力都用在寫書上了，一點也沒有留給生活。小作家的生活卻有趣得多。」在乏味的作家傳記當中，果戈里的傳記又加倍地乏味和沉悶。你把它仔細讀一遍，一點值得回味的東西都沒有。留在腦子裡的只是果戈里怎麼煮通心粉，以及當他的崇拜者們懇求他朗讀自己所寫的東西時，他在應允之前怎樣扭扭捏捏和陰陽怪氣。他像一個蒼白孱弱的幽靈似的度過了自己的一生。沒有做過任何社會探索，即便在青少年時期也不曾有過一點越軌的行為，不曾有過一絲一毫的激情，甚至對女人的最尋常的愛情也不曾有過；有的只是對生活的厭棄和隔膜，以及離它越遠越好的孤傲性情……

用果戈里本人的話來說，就是完全「平淡無奇」。

還不僅僅是生活的沉悶和暗淡。我們翻閱果戈里的傳記的時候，不禁驚奇地發現，我們最偉大的諷刺作家在私生活中的表現，竟同他拋擲到世界上永遠供人嘲笑的乞乞科夫、赫列斯塔科夫、諾茲德廖夫、瑪尼洛夫[2]一模一樣。果戈里處理自己事務的時候正像乞乞科夫那樣不擇手段，吹牛像赫列斯塔科夫那樣忘乎所以，漫天撒謊同諾茲德廖夫如出一轍，構築空中樓閣時候的那份天眞勁兒，活脫兒就是瑪尼洛夫。

果戈里二十歲的時候，便到彼得堡去了。他生活貧困，四處謀求職業。他用筆名出版了一部長詩《漢斯·柯里爾加爾騰》，並在序言中假借發行人的口吻寫道：「我們盡力把後起之秀的創作公諸於世，並引以自豪。」這篇序言和長詩被人在雜誌上狠狠嘲笑了一番。果戈里跑到一個個書商那兒，收回了自己的書，並把它們統統燒掉。這時，母親從波爾塔瓦莊園給果戈里匯來一千四百五十盧布，這筆錢是她費了九牛二虎之力拼湊起來的，準備支付賑濟局抵押田產利息。果戈里拿著這筆錢到了國外。他在德國待了一個月左右，又返回彼得堡。他在致母親的一封懺悔信中寫道：

我在彼得堡本來可以謀到一個我早想謀到的職位，但愚蠢的世俗偏見阻止我前去就職。我保證不再向您要錢，也不忍心再勒索您了。

然而過了不久，他又向母親要錢。他謀到了職務，但薪俸入不敷出。

好媽媽，現在我只有求您了：您能否每月給我寄一百盧布？但請您告訴我實話，如果這會使您為難，會使您不得不放棄必不可少的需要（他彷彿不知道必定會如此！）——噢，那我就犧牲職務的全部利益，拋棄我也許能夠謀求到幸福的彼得堡，簡單說吧，為了不再讓您難過和操心，只要我能做到的，我一定全部做到。

他得到彼得堡的闊親戚特羅辛斯基[3]的接濟後，在致母親的信中提到他的時候寫道：

至高無上的上帝把我們的恩人安德烈・安德烈耶維奇大人當作救世主派

到我的身邊，他為我所做的一切，只有父親為親生兒子才能做到；他的恩典和無價的箴言將永遠銘記在我心頭。

以及諸如此類的話。

可是他在致母親的下一封信中卻又這樣寫道：

不久前我給您寫的那封信，遵照安德烈・安德烈耶維奇的要求，沒封口便交給他了；因此，如果我在信中有阿諛他的地方，您看了不要驚奇。話又說回來了，他確實替我做了不少好事。

他請求母親，不論碰到什麼古董，比如普肖爾河裡發掘出來的古箭之類的東西，都寄給他。「請您費心把它們寄給我。我想用這些東西討好一位大臣，一位祖國古董的愛好者，而他關係到我未來的命運。」

通過上述事實，我們覺得，就連著名的御用記者、告密者布爾加林[4]在果戈里逝世兩年後所發表的一則深深激怒了果戈里的朋友們的消息，也並非不可信了。消息說，年輕的果戈里如何為了對他表示敬意，特意帶了一首頌詩去見他，而布爾加林又如何委派給他一個職務……在第三廳裡。

一八三二年，果戈里已經是《狄康卡近鄉夜話》的作者了，動身到莫斯科去的時候，竟塗改了自己的驛馬使用證，把十四等文官（最低的官階）改成八等文官（就是果戈里短篇小說〈鼻子〉中卡瓦遼夫引以自豪的官階）。他這樣做的目的，是想以這樣的官階出現在《莫斯科新聞》的冠蓋往來欄中。你看，哪點不像赫列斯塔科夫？

他出版《小品集》的時候幹了一件只有乞乞科夫才幹得出來的事。他給波戈金[5]寫了一封信：

請你在《莫斯科公報》上介紹《小品集》的時候加上這幾句話：現在到處都在談論《小品集》，此書引起轟動，暢銷之極（注意：到此為止還未賺到一文錢）。

一八三三年他非讓普希金相信，彷彿三年前就有人聘請他，果戈里，一個沒沒無聞的二十一歲的青年，封地局的副股長，到莫斯科大學擔任教授。這就像諾茲德廖夫硬說用兩隻手抓住兔子的後腿一樣。

一八三六年，果戈里動身到國外去。他感到手頭拮据。於是他通過有影響的朋友，巧立各種名目，向皇親貴冑請求各式各樣的接濟。他在致普羅科波維奇[6]的信中寫道：「你到普列特尼奧夫[7]那兒打聽一下，看看他從茹科夫斯基[8]那兒收到什麼沒有，我呈獻給女皇的喜劇腳本應當得到什麼報酬。」他還上書沙皇，托茹科夫斯基轉呈，請求給他頒發一筆退職金。結果他得到五千盧布。一八四五年，經果戈里女友斯米爾諾娃[9]推薦，沙皇又決定三年內每年發給他一千銀盧布的生活費，等等。

他處理自己事務的時候往往不擇手段。一八四二年普列特尼奧夫在致格羅特[10]的信中寫道：

> 尼基堅科[11]到我這兒來了，給我看了果戈里從羅馬寄來的一封信。果戈里在信中對他百般恭維，因為尼基堅科正在審查他的文集。這種低三下四的態度真叫我臉紅，現在圖書審查制度居然把作者逼到這等田地：他們被逼得

對審查官阿諛奉承……有朝一日尼基堅科在回憶錄中把這封信公諸於世如何是好？杰利維格[12]和普希金就不是這等人。

果戈里永遠是個食客，住在自己的朋友和崇拜者家裡的時候，從來分文不付。波戈金憤憤不平地在日記中寫道，果戈里住在他家時，對他同時還要贍養二十五個人這件事毫不理會。果戈里同波戈金狠狠地吵了一架；兩人雖然同住在一幢住宅裡，但彼此不講話，有事傳字條。然而果戈里還是待在波戈金家裡不走。最後，等他終於離開之後，波戈金在給他的信中寫道：「你一帶上大門，我就劃了個十字，鬆了一口氣，彷彿一座大山從我肩上卸下了。」一八四九年，果戈里在致維耶利格爾斯卡婭伯爵小姐[13]的信中寫道：「我對任何人都不付食宿費。今天住在這家，明天住在那家。我也要到您府上去住，同樣一個子兒不付。」

結交達官顯貴對他有一股無法抗拒的吸引力。如今除了幾位老朋友外，同他通信的人幾乎都是有爵位和顯要的人物：省長夫人斯米爾諾娃、托爾斯泰[14]伯爵夫婦、維耶利格爾斯卡婭伯爵夫人和小姐們、索洛古布伯爵夫人、列普寧娜公爵小姐、憲兵將軍巴拉賓的女公子等等。朋友們在致果戈里的信中，曾憂心忡忡地向他指出豪門對他的吸引。而他對老朋友們反而疏遠了。他年輕的時候曾同女鄰居季姆欽科很要好。「一八四八年，」果戈里的傳記作者申羅克[15]寫道，「果戈里遇到她時竟冷若冰霜。」

對於人世間的古道熱腸抱著溫情的信念——不折不扣的瑪尼洛夫信念。一八四六年果戈里打算再版附有他所寫的〈欽差大臣的結局〉一文的《欽差大臣》。他委托舍維廖夫[16]和普列特尼奧夫在莫斯科和彼得堡兩地同時出版，並在版本上注上「賑濟窮人」幾個字。他相信這兩個版本的銷路一定很好，「特別是當人們知道出版這本書的目的之後」。他對該劇的兩位主要演員——莫斯科的謝普金[17]和彼得堡的索斯尼茨基[18]——囑託道：「演出結束謝幕的時候，請你們對觀眾說一聲，爲了賑濟窮人，他們願意不願意在劇院出口處花一個銀盧布買一本《欽差大臣》。願意多付錢的，可以把錢遞給你們，從你們手裡取書。」

果戈里的書信，特別是他後半生的書信，不免給人一種抑鬱的感覺，極少有光彩奪目的地方，都寫得多麼沉悶、虛僞和自我崇拜啊！沒完沒了的關於上帝的乏味說教，老年人似的不管是否有人請教只顧喋喋不休的教誨。屠格涅夫說得好：「噢，如果發行人能從他死後出版的書信中刪去足足的三分之二，起碼把他寫給貴婦人的那些信統統刪掉，那他對果戈里眞可謂功德無量了。傲慢與貪求、僞善與虛榮、預言家的語氣與食客的口吻混雜在一起——文學界裡再沒有比這更令人討厭的東西了！」就連曾對《與友人書信選》發表過熱情洋溢的文章的阿波隆．格里戈里耶夫[19]，讀了果戈里死後發表的書信都這樣寫道：「我對果戈里的三分之一的敬意，隨著如此眞誠地暴露出他本性中所有不眞誠之處的書信而消逝了。」

1 奧斯卡．王爾德（Oscar Wilde，1856—1900），愛爾蘭作家。唯美派詩人、作家、童話家，代表作有《快樂王子》等。

2 乞乞科夫爲果戈里代表作《死靈魂》的主人翁，瑪尼洛夫與諾茲德廖夫分別爲他奔走鄉間收購死農奴時拜訪的地主。赫列斯塔科夫則爲諷刺喜劇《欽差大臣》中的十二品小文官。

3 德・普・特羅辛斯基（1754—1829），歸隱大臣，果戈里母親的表兄。果戈里初到彼得堡時曾得到過他的接濟。

4 法・韋・布爾加林（1789—1859），俄國記者、作家、反動報紙《北方蜜蜂》的發行人兼編輯。受第三廳的指使，對進步作家極盡告密之能事，對普希金和果戈里幹了不少卑鄙的勾當。

5 米・彼・波戈金（1800—1875），莫斯科大學歷史系教授，《莫斯科公報》和斯拉夫派喉舌《莫斯科人》雜誌的發行人。

6 尼・雅・普羅科波維奇（1810—1857），教師兼詩人，果戈里涅仁中學同學，後成爲果戈里好友。

7 彼・亞・普列特尼奧夫（1792—1865），普希金的友人，彼得堡大學校長兼語言學教授，擔任過《現代人》雜誌的發行人和編輯。

8 瓦・安・茹科夫斯基（1783—1852），俄國詩人，俄國詩歌浪漫主義奠基人，皇太子太傅，曾利用同沙皇的關係庇護過一些進步文人。

9 亞・奧・斯米爾諾娃（1809—1882），宮廷女官，認識茹科夫斯基、普希金等許多俄國著名作家。一八三二年與果戈里結識，此後一直保持通信聯繫。她篤信宗教，對果戈里曾產生過不良影響。

10 雅・卡・格羅特（1812—1893），語言學家，院士、彼得堡科學院副院長。

11 亞・瓦・尼基堅科（1804—1877），文學家，教授兼彼得堡圖書審查官。

12 安・安・杰利維格（1798－1831），詩人，普希金的友人。

13 安・米・維耶利格爾斯卡婭（1823－1861），米・尤・維耶利格爾斯基伯爵的幼女。曾同果戈里有過友好關係。

14 亞・彼・托爾斯泰伯爵（1801－1873），早年曾在軍隊中服役，後當過省長和督軍。果戈里晚年最親密的友人之一。

15 符・伊・申羅克（1853－1906），文藝家、傳記作家，編有《果戈里傳記材料》等。

16 斯・彼・舍維廖夫（1806－1864），批評家、詩人、文學史家，自一八四一年起同波戈金共同主持《莫斯科人》雜誌。

17 米・謝・謝普金（1788－1863），著名演員，俄國舞台藝術現實主義表演藝術的創建人，果戈里最親密的友人之一。

18 伊・伊・索斯尼茨基（1794－1872），彼得堡皇家劇院的著名演員。

19 阿・亞・格里戈里耶夫（1822－1864），批評家、詩人，斯拉夫派雜誌《莫斯科人》的積極撰稿者。

2

果然如此。連果戈里本人也說過：「我身上聚集著各種齷齪的東西，應有盡有，每種都有一點，並且種類如此繁多，至今我還未曾在別人身上見到過。」

但這只是事情的一面。還有另外的一面。

一八四三年，果戈里從羅馬給莫斯科的朋友舍維廖夫教授寫信道：「由於腦袋的構造不同，我只能深思熟慮之後才能工作，任何力量都不能強迫我寫作，更不能強迫我交出自己已經看出弱點和幼稚之處的東西；我寧肯餓死也絕不交出草率的、尚未成熟的作品。請不要責備我吧……」於是他請求莫斯科的朋友們在三、四年之內擔負起他全部的日常事務，並保證他這段時期內的物質生活，使他得以寫完《死靈魂》。「相信我，」他在致舍維廖夫的信中寫道，「我把所有的精力都花在卓有成效的工作上，我活著就是為了工作，早已把其他享受置之度外了……可是五個多月身無分文，從哪兒也收不到錢……類似的情況對我來說有時簡直是命中註定的：不是由於生活的貧困，也不是由於境況的窘迫，而是由於精神狀態。我為此已經喪失了許多時間，為了贖回它我真不知願意付出多大的代價。我節省時間就像節省乞討來的戈比一樣。我的全部財產早就剩下一只小手提包和四套內衣了……如果弄不到這筆錢，那就乾脆替我乞討吧；不論什麼人以什麼名義給我錢，我都懷著感激的心情接受。」又在致茹科夫斯基的信中寫道：「現在我自己都驚訝日子是怎麼過的，我一無所有，可是並不為生活擔憂，也不怕淪為乞丐丟人現眼。」

果戈里在〈歷史畫家伊萬諾夫〉（《與友人書信選》）一文中寫道：「現在大家都覺得，責備一個一生都像勞工一樣幹活、甚至忘記世界上工作之外還有其他享樂的藝術家，指責他工作懶散、緩慢，是荒唐不過的事了。藝術家個人的精神事業是同他的作品連結在一起的——這是世界上罕見的現象……我的作品同我的靈魂和我內在的教養奇妙地連結在一起。六年多來，我絲毫不能爲社會工作。全部工作都在我內心裡進行，並且專爲我本人進行。而且到現在爲止——請您別忘記——我僅靠稿酬過活。大家幾乎都知道我窮，但都認爲這是我本人的固執所造成的，因爲我只要坐下來寫篇小東西，就能得到一大筆錢；可我卻寫不出一行字來。而當我聽從一位糊塗人的勸告，強迫自己給雜誌寫幾篇小文時，竟感到如此困難：腦袋疼痛，所有的感覺都錯亂了，我寫了撕，撕了又寫，這樣折磨了自己兩三個月後，終於把身體搞垮了。我的身體本來就不好，於是病倒在床上，再加上精神上的疾病，最後還有無法向世界上任何一個人解釋自己的處境而增添的心病，把我弄得虛弱不堪，簡直快進棺材了。」他在致普列特尼奧夫的信中辛酸地寫道：「現在我一分鐘比一分鐘更明白，爲什麼藝術家能夠弄到大批錢的時候，竟會活活餓死。」

如果對待作家的使命稍微隨便一點，便不僅不會餓死，還會弄到大批的錢。但對果戈里來說他的寫作事業是眞正偉大的「精神事業」。用現在的話來說，即便他想「敷衍」一下也辦不到，本性辦不到。他不僅不能敷衍，甚至不容許作品達到盡善盡美之前就停留在尚待加工的階段上。果戈里永遠不能偏離自己的基本要求：「創作出實質性的、堅強有力的、毫無多餘和過分之處的，在最清醒的精神狀態下也是最鮮明和完善的扎實作品。」

而爲此必不可少的是安寧，是時間，是不趕寫東西。果戈里在致阿克薩科夫[1]的信中寫道：「如果您知道我現在對需要趕寫的東西多麼討厭就好了！」「都是嘔心瀝血得來的；我捨棄它們要比一個不費吹灰之力就能在一分鐘內換上另一個句子的作家難受得多。」

果戈里對自己的嚴格要求確實到了驚人的地步。貝朗瑞[2]在自傳中寫道：「沒有任何東西比勇敢投入壁爐中的手稿的火焰，更能透視出一個作家的心靈。」果戈里的全部創作生涯，都被這種崇高的火焰所照亮。他年輕的時候就曾把長篇小說〈哥薩克統帥〉付之一炬，「因爲作者本人不滿意它。」他銷毀了喜劇《三級符拉基米爾勛章》。對此他寫道：

我之所以燒毀《死靈魂》第二卷，是因為需要這樣做。「不死豈能復生」，使徒這樣說。為了復生，需要先死。燒毀慘淡經營五年之久的勞作並非一件輕而易舉的事，因為其中的每一行字都是經過靈魂的震盪才得來的，因為其中包含著許多構成我美妙的念頭、占據我整個靈魂的篇章。但一切都燒毀了，而在那一剎那，當我看到眼前的死亡時，我非常想在身後留下哪怕一點關於自己的良好的回憶……當火焰剛剛吞噬了我的書的最後幾頁時，它的內容便突然以淨化和光明的形式重現出來，就像從篝火中飛出的不死鳥，於是我猛地看到，我先前認為已經完整與和諧的東西竟是多麼雜亂無章啊！

他寫了一齣取材於扎波羅什人生活的悲劇《剃掉的一撇鬍鬚》。一八四〇年他在維也納時就在寫這齣悲劇。他是怎麼寫的啊。「我感到，」他告訴波戈金，「我腦子裡的思想像一窩受驚的蜜蜂似的騷動起來；我的想像力越來越敏銳。噢，這是多麼快樂呀，要是你能知道就好了！最近一個時期我懶洋洋地保存在腦子裡的連想都不敢想寫的題材，忽然如此宏偉地展現在我眼前，使我全身感到甜蜜的戰慄，於是我忘掉一切，突然進入我久違的那個世界。」他得意洋洋地對阿克薩科夫說：「這個劇本將是我最好的作品。」

請看以後發生的事吧。尼基堅科在回憶錄中寫道：

有一次，果戈里請茹科夫斯基聽他朗誦重寫的劇本並提出意見。朗誦剛好在午飯後開始，這時候茹科夫斯基通常喜歡打個盹。他無法改變自己的習慣，如今聽著作者朗誦，不覺進入夢鄉。他終於醒了。

「您瞧，瓦西里．安德烈耶維奇，」果戈里對他說，「我請您批評我的作品，您的夢就是對它最好的批評。」

他說完這兩句話，便把手稿扔進燃燒著的壁爐裡。

等到阿克薩科夫遇見果戈里，急不可待地問起他的新劇本的時候，果戈里只擺了擺手……

果戈里的自尊心很強，甚至可以說太強了，充滿傲慢的自我崇拜。他把自己看成一尊向人間曉諭無可辯駁的眞理的神祇。然而這並沒有妨礙他貪婪地、頑強地尋求最嚴厲無情的批評，因爲對他來說，作品的完美無瑕高於任何自尊心，即便在最愚蠢的人的看法中，他認爲也能夠找到對自己有益的東西。噢，這種情形在作家之中多麼罕見啊！我一生當中有幸接觸過許多大作家。當他們還年輕的時候，他們尋求批評，傾聽批評。可是一旦他們有了名氣，得到公認，批評就只能使他們惱火了，眼睛變得厭倦，嘴唇不耐煩地撇開，於是他們忠實的妻子趕快把話題轉到不相干的事情上去。再看看果戈里吧：

> 您犯不著為某些人攻擊《死靈魂》的調子過高而惱火，這有好的一面。有時需要有痛恨自己的人。誰要只醉心於優美之處，他就看不見缺點，就會寬恕一切；但要是有人痛恨你，他就會想方設法挑出我們所有糟糕的地方，並且把它們明顯地暴露出來，不容我們視而不見。真理如此難得聽到，因此為了聽到一丁點真理就可以原諒任何侮辱人的口氣，只要這種口氣道出了真理。布爾加林、先科夫斯基[3]、波列伏依[4]的批評中有不少公正的地方，從他們勸我先學好俄文再寫作算起。實際上，如果我不急於付印手稿，存放它一年半載，以後我自己就能看出，像它那樣蓬首垢面的樣子，是絕對不應問世的。諷刺我的短詩和對我的嘲笑恰恰是我所需要的，雖然它們乍聽起來很不是滋味。噢，我們多麼需要不斷被人敲打啊，多麼需要那種侮辱人的口吻，還有那些惡毒的、辛辣的嘲笑啊！在我們心底隱藏著多少卑微的、渺小

的自尊啊，多少聽不得逆耳之言的、惡劣的虛榮啊，因此需要使用一切可能找到的武器時刻刺我們，打我們，而我們還應感激那隻打我們的手。

這在果戈里並非空話。他的信裡充滿對朋友們的呼籲，要求他們提出最嚴峻、最坦率的批評。「對我應該比對任何人都說得多些，需要指出我的缺點。」「把您的意見告訴我，請您盡量嚴厲些，盡量少講些情面。您自己知道這對我是多麼需要。」盡是這一類的話。他在朗讀自己作品的時候，仔細地觀察聽眾的臉色，敏銳地捕捉幾乎覺察不到的反應。他在致阿克薩科夫的信中寫道：「我在他們的沉默中，在無意間從他們臉上掠過的一絲困惑中所看到的東西，第二天便使我獲得益處。本來我會獲得比現在多得多的益處，如果羞澀不妨礙每個人完全說出自己眞實的印象的話……一個人能夠立即說出自己的最初印象，既不怕有損自己的名譽，也不怕傷害朋友那顆脆弱而敏感的心，便是豁達大度的人。」果戈里完全有權利對自己說：「我有一種世界上罕見的美德，可是誰也不想在我身上發現它。這就是我沒有作者的自尊心和肝火。」

他聽到朋友們的熱烈讚揚總不耐煩。「行了，行了！缺點呢，您怎麼不指出來呀？」果戈里在莫斯科有個叫卡普尼斯特[5]的熟人。阿諾爾迪[6]記述了他同果戈里的一段談話：

「您昨天好像給卡普尼斯特讀過《死靈魂》第二卷裡的幾章吧？」我說道。

「讀過了，怎麼樣呢？」

「我不明白，尼古拉・瓦西里耶維奇[7]，您怎麼會有興致把自己的作品讀給他聽呢！他很喜歡您，非常尊敬您，那是作為一個人，絕非作為一個作家！您知道他昨天跟我說什麼了？他說照他看來，您一點天才也沒有！儘管伊萬・瓦西里耶維奇[8]很有智慧，但他對高雅的文學和詩歌卻一竅不通；他對我國作家的看法簡直叫我受不了。他停留在傑爾查文[9]的〈瀑布〉上，再不能前進了。他連普希金都不喜歡，他說普希金的詩雖然響亮、流暢，但沒有思想，普希金沒有寫出過任何卓越的作品。」

果戈里微微一笑。

「他這樣談論普希金我可不知道，至於他不喜歡我的作品我早就知道，可我尊敬伊萬．瓦西里耶維奇，並且早就認識他。我把自己的作品讀給他聽，就是因為他不喜歡它們，對它們抱有成見。讀給您或者另一位不論我寫什麼都一味讚揚的人聽有什麼好處呢？你們，先生們，事先就對我有偏愛，已經做好思想準備，認為我的作品中一切都是完美無缺的。你們極少給我提出過中肯的、嚴格的意見，可伊萬．瓦西里耶維奇聽我讀的時候卻專門挑毛病，批評起來又嚴厲無情，有時還非常精闢。他作為一個社交界裡的人，一個富有實際經驗而對文學一竅不通的人，有時當然免不了要胡說八道，但有時提的意見我卻可以採用。讀給這些聰明的、非文學界的審判官們聽，對我恰恰是有益處的。我是根據我的作品對不大讀小說的人所產生的印象來判斷它們的價值的。如果他們發笑了，那就是真正可笑，如果他們被感動了，那就是真正感人。因為他們坐下來聽我朗讀的時候，是絕對不準備發笑，不準備受感動，不準備讚美的。」

「聽著果戈里這樣說，」阿諾爾迪補充道，「我不禁想起莫里哀的女廚子。」（大家都知道，莫里哀爲了檢查喜劇的效果，經常把它們讀給女廚子聽。）

還在一八三五年，別林斯基評論果戈里已經出版的《密爾格拉得》和《小品集》的時候就指出，果戈里屬於那種隨著每一本新作品的出版聲望更高並更趨成熟的藝術家。事實如此。這主要由於他對自己的嚴格要求。果戈里對所寫出的一切東西都不滿意，爲了前進再前進，往往準備否定它們。

一八三三年他在致波戈金的信中寫道：「您提到《狄康卡夜話》。見它的鬼去吧。我不會出版它了（第二版）……我甚至忘了我是這些夜話的創作者，只有您又向我提醒這一點。在我沒有寫出有分量的偉大的藝術品之前，就讓它們湮沒無聞吧。」

果戈里動身到外國去的時候，已經是《欽差大臣》的作者了。他在旅行的途中寫信給茹科夫斯基道：「我發誓要做出普通人所做不到的事！我感到靈魂中有一股獅子般的力量……如果嚴格而公正地審查一下我至今都寫了些什麼東西的話，我彷彿翻閱中學生的舊練習本，這一頁上可以看出馬虎和懶惰，那一頁上又可以看出急躁和匆忙，初學者的膽怯的、顫抖的手和頑童的大膽的習氣，應當寫字母的地方卻畫成鉤子，這種習氣照例是要打手心的。有時也許翻到只有獨具慧眼的教師才會誇獎的一頁。到時候了，到該幹事的時候了！」一年之後他在致普羅科波維奇的信中又寫道：「我一回想起所有的塗鴉之作就感到害怕。它們就像可怕的控訴人似的出現在我的眼前。我的靈魂乞求忘卻，永久的忘卻。如果有一種衣魚一下子把所有印出來的《欽差大臣》，連同《小品集》、《夜話》以及其它胡謅出來的東西通通吃掉的話，我眞謝天謝地。」

車爾尼雪夫斯基談到這一點時說道：「果戈里懷有天高任鷹飛的志向；他覺得他所達到的或他所創造的都是渺小和低劣的。請給我指出一個如此渴求完美的人來吧，那我便對您說：他或者創作不出任何東西，或者將創作出偉大的東西來——他或者是坦塔洛斯[10]，或者是普羅米修斯。」

---

1 謝・季・阿克薩科夫（1791—1859），作家，同果戈里的關係密切。他同長子康斯坦丁和

次子伊凡都是斯拉夫派的著名人物，他們在莫斯科的家是當時斯拉夫派的活動中心。

2 皮埃爾・讓・貝朗瑞（1780—1857），法國歌謠詩人，詩歌中具有民主主義和愛國主義精神，對別林斯基等人的文學批評給予很高的評價。

3 奧・伊・先科夫斯基（1800—1858），東方學家、作家、彼得堡大學教授。一八三四年起擔任《讀書文庫》雜誌編輯。他的著作帶有反動的傾向。

4 尼・阿・波列伏依（1796—1846），作家、歷史學家，提倡浪漫主義，曾發行過《莫斯科電訊》（1825—1834），這份雜誌對俄國文學和社會思潮的發展起過促進作用。後同布爾加林接近，立場日趨反動。他曾擔任《祖國之子》和《北方蜜蜂》的編輯，在雜誌上撰文攻擊別林斯基和果戈里。

5 伊・瓦・卡普尼斯特（1795—1860），大官吏，曾當過莫斯科省省長。

6 列・伊・阿諾爾迪（1822—1860），斯米爾諾娃的弟弟。他通過姐姐結識了果戈里。他本人並無名氣，但卻是少數聽過果戈里朗誦的人之一。

7 即果戈里。

8 即卡普尼斯特。

9 加・羅・傑爾查文（1743—1816），詩人，俄國古典主義晚期代表。曾擔任過葉卡特琳娜女皇的私人秘書，與皇室關係密切。

10 坦塔洛斯爲宙斯之子，因洩漏神的祕密而被囚禁在冥土中受罪，身在湖中而喝不到水。

3

就其對自己無情的、堅持不懈的「嚴格要求」來說，就其爲了眞正實現作家的使命而準備犧牲全部私人生活來說，果戈里在作家當中是一個罕見的現象。

不錯，還有同樣渴求作品完美的其他作家。比如法國小說家福樓拜。他也完全沒有私人生活。有人請求他寄自傳的時候，他回答道：「我根本沒有傳記。」他把一切都獻給了藝術，藝術之外沒有生活。他是一個眞正的藝術殉道者。他常常一晝夜工作十六小時，爲了尋找一個準確表達細微思想的詞兒而徹夜不眠。然而對福樓拜來說，藝術已經成爲獨立自在的目的了。生動的生活所以吸引他，僅僅因爲它是藝術作品的材料。把爲社會眼務的「利益」問題摻進藝術中去，在他看來就是對藝術最大的褻瀆，就是令人極端厭惡的

「市儈習氣」。有時精神的空虛使他感到害怕，因爲他的全部感受和激情都爲珍愛的藝術犧牲了。他寫道：「我又重返我那蒼白的，那麼平凡而寧靜的生活中，在那裡句子便是歷險，在那裡除了譬喻之外我不採擷其他的花朵。」然而藝術作品形式上的完美對他仍然具有至高無上的意義，他懷著最虔誠的信念，彷彿道破宇宙眞諦一樣，說出一個駭人聽聞的論點：「除了造出來的好句子之外，世界上沒有任何眞實的東西。」

果戈里同這種把藝術作爲最終目的而頂禮膜拜的態度相距不啻十萬八千里。他首先把寫作看成「精神的事業」，看成社會服務的手段。我國在他之前任何人都沒有這樣明確而堅定地提出過寫作是社會服務、作家的最終目的是帶來「利益」的看法。普希金憤怒地喊道：

你們要把阿波羅的石像
也放在秤上去論斤兩，
你們看不出它有什麼利潤。
我們歌唱並不是為了

貪婪，戰爭，或世人的狂潮，
我們的詩出於心靈的感觸，
為了那美妙的音節和祈禱。1

而果戈里則確信「我們」正是爲戰鬥和利益而生的。「想想吧，」他在致朋友的信中寫道，「我們被召喚到世界上來絕不是爲了過節和宴飲，我們被召喚到這裡來是爲了戰鬥。因此我們一刻也不應忘記，既然來戰鬥，就不能選擇哪兒更安全：人人都應像英勇善戰的戰士，投身到戰鬥更爲激烈的地方去。」

他在《作者自白》中寫道：「作者創作作品的時候，應當感到並確信他在履行職責，而他正是爲了履行這項職責才被召喚到大地上來，上帝才賦予他才華和力量。他履行職責的同時也便爲國家服務了，彷佛眞正擔負了國家的職務。我從未打消過服務的念頭。我尚未投身寫作生涯之前，爲了看清哪一種職務對自己更爲合適，調換過許多職位；但是我既不滿意職務，也不滿意自己，更不滿意那些地位比我高的人……一旦我感到從事作家職業依然能爲國家效力的時候，我便拋棄了一切：先前的職務，彼得堡，同我靈魂親近的伙伴，俄羅斯本土。離開大家，一個人在遠方認真思考一下，如何用這種方式生產作品，以便證明我同樣是祖國的公民，並且渴望爲它服務。我越仔細思考自己的作品，越覺得它能帶來真正的益處。」就算作家具有「油畫般的傳神之筆，鷹鷙般的目光，抒情的讚揚才能、諷刺的打擊力量」——但這些對果戈里還嫌不夠。果戈里繼續說：「如果他具有這些偉大的稟賦，並且還被教育成祖國的公民和人類的公民，哪兒需要人像岩石一樣堅硬，他就應當像一塊燧石挺立在那裡，那時他就能從事這種職業。」

在「爲藝術而藝術」的崇拜者同「爲人生而藝術」的信徒之間持續至今的鬥爭中，果戈里毫無保留地站在他死後很快便成爲俄國文學戰線上的主流的那一派的立場上。他對作家說道：

作家！首先要像祖國的一員和公民那樣受教育，然後才能拿起筆來！否則一切都將是無的放矢。

（一八四七年致茹科夫斯基的信）

這就是果戈里的另一面。然而如果我們現在再回到人們通常談論的作爲一個人的果戈里身上的時候，我們便會覺得許多事情完全是另外一種樣子了。不錯，當然是很可惜的，但確實如此：果戈里在生活中的表現常常既像赫列斯塔科夫，又像乞乞科夫，又像諾茲德廖夫，又像瑪尼洛夫。像我們所看到的那樣，他自己也承認過，在他身上聚集著各種齷齪的東西，應有盡有，並且種類如此繁多，他還沒有在第二個人身上發現過。話說回來，如果不是這樣的話，果戈里也許創作不出赫列斯塔科夫以及其他的人物了。請看果戈里的一次多麼有趣的供認吧：

坦率地說出一切：我最近所有的著作都是我的心史……我除了賦予他們以自身的齷齪行徑外，還賦予了我本人的醜陋行徑。我是這樣做的：抓住自己的惡劣本性，把它放在另一個人身上和另外一個場合裡，然後跟蹤追逐，竭力把他描繪成一個深深侮辱過自己的死敵，用仇恨、嘲笑以及所能想到的一切追逐他。如果有誰看到我筆下的那些首先為我本人而創作出的怪物，他一定會不寒而慄……可是你不要以為我這樣自白後，我就是我的人物那樣的醜類了。不，我跟他們可不一樣。我喜愛善，尋找它，恨不得一下子就找到它；但我不喜歡我身上卑劣的東西，不像我的人物那樣同它們手挽著手。我現在和將來都要同它們作戰，並一定要把它們趕跑。

心地純潔的普列特尼奧夫提到果戈里致審查官尼基堅科的阿諛信時非常憤怒。安年科夫[2]詳細地敘述了果戈里爲了讓《死靈魂》通過審查機構所採用的各種手段。他寫道：「果戈里恐怕從來沒在別的事情上運用過這麼多的處世經驗，這麼多的揣測心理的手段，這麼多的曲意奉承和佯裝發怒的本領。」但安年科夫又補充道：「這些作法當然與人世間的純樸古風大相逕庭。不付印《死靈魂》的人自然比果戈里清白高尚得多，他們的行爲和表露出來的感情也樸實得多。」

最後，談談果戈里領取政府施捨的事。果戈里窮得要命。他雖然已經是遐邇聞名的《欽差大臣》和《死靈魂》的作者了，但時常不知道明天的日子怎麼過。「我開始相信先前當作寓言的事了：我們時代的作家會活活餓死。」他在致茹科夫斯基的信中寫道，「如果發給我教堂差役的贍養金，我就輕鬆了，況且在義大利生活便宜得多。」宮廷女官斯米爾諾娃曾爲果戈里四處奔走。憲兵司令奧爾洛夫問她道：

「果戈里是幹什麼的？」

「您不害臊嗎，伯爵！您是俄國人，卻不知道果戈里是誰！」

「您又何必爲那群叫花子詩人奔走呢！」奧爾洛夫輕蔑地說。

而沙皇知道《死靈魂》是果戈里寫的之後也很驚訝。

「原來是他寫的？我還當是索洛古布[3]呢。」

到底誰更引人憤慨？是爲了完成自己的著作而決定向國家申請一份教堂差役贍養費的大作家，還是那些經過多方謀求才賞給「叫花子詩人」一點施捨的顯貴先生們呢？還需要指出一點，果戈里是個虔誠的君主主義者，因此他不向他所憎恨和蔑視的勢力求援，而向他極其尊敬的政權求助。

---

1 引自普希金的詩〈詩人與民衆〉，作者把原詩中的兩節〈詩人〉和〈民衆〉引在一節裡

了。

2 巴・瓦・安年科夫（1813—1887），著名回憶錄作家。他同別林斯基、果戈里、赫爾岑、涅克拉索夫、屠格涅夫、托爾斯泰都很熟，還認識馬克思。一八四一年他替果戈里抄寫過六章《死靈魂》，一八四七年他同別林斯基一起住在薩爾茨布隆，是別林斯基寫的〈致果戈里的信〉的唯一見證人。

3 符・亞・索洛古布（1814—1882），十九世紀四〇年代著名作家。他不僅文運亨通，官運也很亨通。他雖同果戈里多次接觸，但始終沒有成爲朋友。

4

果戈里是怎樣創作藝術作品的呢？

我們先從果戈里熟人的回憶錄和他的自白中，把這方面的材料綜述一下。

果戈里每天清晨寫作——他本人以及所有觀察過他的人都證實了這一點。然而他有時也一連寫作好幾天。一八三七至一八三八年曾同果戈里一起住在羅馬的佐洛塔寥夫說道：「果戈里動筆之前，先轉入沉思，絕對沉默。他默默地在屋裡踱步，要是有人同他說話，他就請他住嘴，別打攪他。隨後便鑽進自己的小洞裡去了：他管我們合住的三間一套住宅中一間非常狹窄的房間叫小洞，他在裡面寫作的時候幾乎一連幾天不出來。」

看來，這種連續寫作的情形在果戈里是罕見的，起碼在他文學生涯的後半時期是罕見的，而我們對後半時期的了解要比前半時期了解得多的多。果戈里大概在精神特別昂揚的時刻，即平常所說的來了靈感的時刻，才這樣寫作。比如他在維也納寫悲劇《剃掉的一撇鬍鬚》的時候就如此。他當時寫作的情形，像我們前面提到過的他在致波戈金的信中所寫的那樣：「我感覺到，我腦子裡的思想像一窩受驚的蜜蜂似的騷動起來；我的想像力越來越敏銳。噢，這是多麼快樂呀！我懶洋洋地保存在腦子裡的材料，忽然如此雄偉地展現在眼前，使我全身感到甜蜜的戰慄，於是我忘掉一切，突然進入久違的那個世界。」

然而果戈里不承認靈感可以消極地等到，他認爲每天必須不間斷地工作。他對奇若夫[1]說道：「寫東西的人不能放下筆，就像畫家不能放下畫筆一樣。每天必定得寫點什麼。要把手訓練得完全聽從思想。」果戈里還不止一次對當時頗有名氣的小說家索洛古布伯爵說：

「寫呀，哪怕給自己立一個每天強迫自己坐在寫字台前兩小時的規矩也行呀。」

「可要寫不出來怎麼辦？」索洛古布頂他道。

「沒關係。您就拿起筆寫道：『今天不知道爲什麼我寫不出來。』『今天不知道爲什麼我寫不出來。』『今天不知道爲什麼我寫不出來。』這樣寫膩了就寫出來了。」

果戈里的這種寫作方法是很少見的。他在一八三九年致舍維廖夫的信中寫道：「眞是怪事，我獨自一人的時候，無人交談的時候，沒有其他事可做的時候，完全占有尚未劃分和測量的時間的時候，我卻不能寫作了。普希金總使我感到驚奇，他寫作的時候必須一個人躲到鄉下去，還把自己關在屋子裡。我恰恰相反，在鄉下什麼事也幹不了。只有我一個人的地方，我感到寂寞的地方，我從來什麼事也幹不了。現在所有印出來的我的罪孽，都是在彼得堡寫的，而那時我窮於應付差事，沒有時間，生活忙碌，職務不斷調換，而我頭天晚上過得越快樂，回家的時候就越有靈感，第二天便有一個清新的早晨。」

果戈里對貝格[2]說過：「有一次我行駛在詹薩諾和阿里巴諾兩個小城之間；時値七月（大約是一八三八年）。途中高坡上有個蹩腳的飯館，大廳裡設有撞球，一天到晚都是撞球聲和操著各種語言的說話聲。過往的旅客必定在這兒打尖，特別是天熱的時候。我也下來打尖。那時我正寫《死靈魂》第一卷，那個筆記本一直帶在身邊。我不知爲什麼，就在走進這家飯館的那一剎那，突然想寫作了。我吩咐擺張小桌子，便坐在一個牆角裡，從皮包裡取出手稿本。在滾動的台球大聲撞擊聲中，在極度的喧嘩聲中，在僕役們的奔跑聲中，在煙霧騰騰中，在令人窒息的空氣裡，我彷彿陷入夢境，沒動地方就寫了整整一章。我認爲這一章的文字是最富有靈感的文字之一。我寫東西的時候很少這樣振奮過。」

果戈里非常喜歡旅行，旅途對他永遠是醫治百病的靈丹妙藥。旅途使他能產生新的構思。他在致舍維廖夫的信中寫道：「內容通常都是在旅途中展現出來並進入我腦海中；全部情節幾乎都是在旅途中打好腹稿的。」

他在《死靈魂》中寫道：「天啊！這遙遠遙遠的旅途有時是多麼美好！有多少回我有如一個落水的有滅頂之災的人，緊緊抓住了你，而你每回都慨然伸出手來拯救了我！你孕育過多少神妙的靈感、充滿詩意的夢幻，又留下過多少奇異難忘的印象啊！」

貝格根據果戈里的談話詳盡地記述過他的寫作過程：

先把所想到的一切都不加思索地寫下來，雖然可能寫得不好，廢話過多，但一定要把一切都寫下來，然後就把這個筆記本忘掉吧。此後，經過一個月、兩個月，有時還要更長些（聽其自然好了），再拿出所寫的東西重讀一遍：您便會發現，有許多地方寫得不是那麼回事，有許多多餘的地方，而又缺少了某些東西。您就在稿紙旁邊修改吧，做記號吧，然後再把筆記本丟開。下次再讀它的時候，紙邊上還會出現新的記號，如果地方不夠了，就拿一塊紙粘在旁邊。等到所有的地方都這樣寫滿，您再親自把筆記本謄寫一遍。這時將自然而然地出現新的領悟、剪裁、補充，文筆也隨之洗練。在先前的文字中會跳出一些新詞，而這些詞用在那些地方再恰當不過，可不知為什麼當初卻想不出來。您再放下筆記本。去旅行吧，去散心吧，什麼事也別幹或者另外寫別的東西吧。到了一定的時候又會想起丟下的筆記本來。取出它來，重讀一遍，然後再用同樣的方法修改它，等到再把它塗抹得一塌糊塗的時候，再親自把它謄清。您這時便會發覺，隨著文筆的堅實，句子的優美和凝煉，您的手彷彿也堅實起來；下筆的時候更加自信和果敢了。照我看需要這樣做八次。對某些人可能需要減少，而對另一些人則還需要增多。我是做八次。只有經過八次，並且一定要親自謄清後，作品在藝術上才算徹底完成，才能達到創作上的頂峰。繼續修改也許反而壞事，就像畫家們所說的畫糊塗了。當然，經常遵循這種規則是不可能的，難以辦到的。我說的只是理想。人總歸是人，而不是機器。

果戈里非常重視修改作品，總不厭其煩地改動和充實彷彿已經寫好的作品。他在一八四〇年致阿克薩科夫的信中寫道：「我現在準備把《死靈魂》第一卷徹底修改一遍。我更動、修改，很多地方完全重新寫過。」

一八四九年八月，果戈里仍在這個阿克薩科夫莫斯科近郊阿布拉姆采沃莊園裡給他朗讀了《死靈魂》第二卷的第一章，第二天就非讓他提意見不可。「但被人打攪了，我們沒來得及談《死靈魂》。」阿克薩科夫說。

果戈里到莫斯科去了，於是我給他寫了一封信，提出幾點意見，並且指出我認為特別優美的地方。果戈里接到我的信後高興壞了，恨不得馬上見到我。他僱了一輛馬車，當天就趕到阿布拉姆采沃來看我們。他來的時候非常快活，或者不如說興高采烈，立刻說道：

「您指出的地方正是我自己感覺到的，但我沒有把握肯定。現在我不再懷疑了，因為另一個人，一個對我偏心的人也這麼說了。」

果戈里在我們家住了整整一星期……我們請求他讀下面的幾章，他懇求我們再等一等。他告訴我，已經給斯米爾諾娃和舍維廖夫讀過幾章了，他覺得還有很多地方需要改寫，等他改寫好了，一定讀給我聽。

一八五〇年一月果戈里再次給我們朗讀了第二卷的第一章。我們非常驚訝：覺得這一章寫得更好了，彷彿重寫過似的。果戈里對這種印象很滿意，說道：

「這就是畫家給自己的畫卷增添的最後一筆。看起來改動不大：這兒刪個詞，那兒添個字，而那邊又把一個字顛倒一下——可是一切都變樣了。等到每一章都這樣潤過色，便該付印了。」

原來別人給他提的意見他都採用了。

一八四一年果戈里向安年科夫口述《死靈魂》，由安年科夫寫下來。安年科夫詳細地描寫了果戈里是怎樣寫作的。

果戈里平時起得很早，並馬上動手工作。他寫字台上放著一只盛滿特爾尼瀑布冷水的細頸玻璃瓶，他在工作的空隙把它喝得一滴不剩，有時還要再加一瓶。這是他畢生堅持的自我治療過程中的一個環節……我幾乎每天早上都碰見他早餐後坐在咖啡館裡的沙發上休息，他的早餐是一杯加了濃奶油的濃咖啡……然後我們便各走各的，到約好的時刻再聚集在一起謄寫史詩。這時果戈里把護窗板關得嚴實一些，遮住南方無法忍受的陽光。我坐在一張圓桌後面，尼古拉・瓦西里耶維奇就在圓桌旁邊離我稍遠一點的地方打開筆記本，全神貫注在筆記本上，有節奏地、莊重地、表情豐富地口授起來，因此《死靈魂》第一卷中的前幾章便在我記憶裡留下了特殊的韻味。這同通常對物像進行深刻的靜觀之後所產生的那種平靜的、勻稱四溢的靈感非常近似。尼古拉・瓦西里耶維奇耐心等我寫完最後一個字，又用同樣專心致志的聲調念出下一個長句。這種聲調優美、充滿詩意的口授本身如此真摯，以致任何東西也不能削弱或改變它。義大利毛驢刺耳的嘶叫聲常常傳進屋裡，接著便是棍子打在驢肋上的聲音和女人惱怒的喊聲：

「Ecco ladrone!（給你點厲害，強盜！）」

果戈里停住了，微笑著說：

「瞧牠懶成什麼樣子了，這個無賴！」

接著又用念上半句時的剛勁有力的語調念下半句。也發生過這樣的事，由於我對綴字法提出疑義，他中斷了口授，同我討論起綴字法來，然後又自如地回到方才的語氣，方才充滿詩意的語調，彷彿他的思想一刻也沒被打斷過似的。比如，我記得，我把寫好的句子遞給他時，在他口授「Щекатурка」的地方寫了「штукатурка」。果戈里停住了，問道：

「為什麼要這樣寫呢？」

「這樣寫好像更正確。」

果戈里跑到書架前，取出一本詞典，找出這個詞的德文字根和它的俄文意思，又仔細查了所有的論據，最後合上詞典，把它放回原處，說道：

「謝謝您的指教！」

隨後他又坐在安樂椅裡，沉默片刻，那嘹亮的、彷彿是普通的，但實際上卻是崇高和激動人心的語句又傾瀉出來。還發生過這類事，我在履行謄寫員的職責之前，在幾個地方仰身向後哈哈大笑起來。果戈里冷靜地望著我，和藹地微笑著，只是說了一句：

「盡量別笑，儒勒！」

不錯，我知道，這類個人感情的流露會減慢謄寫的速度，便盡量克制自己。但在那幾年裡，這種努力往往是徒勞的。何況果戈里有時也效仿我的榜樣，遇到我笑的時候也忍不住半笑不笑地跟我一起笑起來，如果可以這樣形容他的笑的話。例如謄寫完〈戈貝金大尉故事〉之後，就發生過這類的事。謄寫完這個故事，我再也控制不住內心的快樂，果戈里也同我一起笑起來，並幾次問我：

「〈戈貝金大尉故事〉寫得怎麼樣？」

……作者洋洋得意的心情在描寫普柳什金花園的那一章裡顯得尤為明顯。我記得果戈里口授其他章節時，從未像口授這一章時那樣激動過，同時還保持著藝術家的泰然自若的風度。果戈里甚至從安樂椅裡站起來（大概這一刻他所描繪的情景正從他眼前掠過），一邊口授，一邊做著某些驕傲的命令手勢。這令人驚絕的第六章謄寫完後，我激動起來，把筆往桌上一放，率直地說道：

「尼古拉·瓦西里耶維奇，我認為這一章是天才之作。」

果戈里把他口授的筆記本緊緊握成一個卷，用輕得剛好聽得見的聲音說：

「請您相信，其他的部分也不比它差。」

這時，他又提高聲音說：

「我說，到吃飯還有不少時間，咱們去看看沙盧斯蒂奧[3]花園吧。」

……從他臉上的開朗表情上，並且從他提議的本身上，都能看出口授使他心情非常快活。這在路上就表現得更為明顯了……我們剛一拐進偏僻的小巷，果戈里就唱起小俄羅斯的遊樂歌曲，後來乾脆跳起舞來，用陽傘在空中揮舞出種種花樣，以致沒過兩分鐘手裡只剩下傘柄，其餘的部分都飛到旁處去了。他馬上揀起折斷的部分，又接著唱下去。這就是藝術家的感情得到滿足之後的反應：果戈里在慶祝自己同自己的和解，而對這次突然迸發出來的狂喜的意義，我當時並沒有估計錯……

我們有很早以前就朗誦過普柳什金這一章的證據。顯然，安年科夫所記述的不過是通常的刪改和謄清中的一次罷了。據我所知，安年科夫所提供的材料是記述果戈里口授自己作品的唯一材料。看來果戈里這樣做還有檢驗作品聲音效果的目的。我們已經發現不止一個證據足以證實這一點了。

奧博連斯基[4]公爵講過一八五一年秋天果戈里給他和羅賽特[5]朗誦《死靈魂》第二卷第一章的情景。「第一章裡有許多關於大自然的描寫，而這些描寫都經過作者的精雕細刻。讓我非常驚訝的是語言的非凡和諧。我馬上看到果戈里如何巧妙地使用他細緻搜集到的各種花草的當地名稱。看來，他有時加進一個音節響亮的詞，只是爲了增加語言的和諧。雖然在已經發表的第一章裡所有描寫的地方都極爲出色，但我仍然傾向於這種看法：定稿中（果戈里死前燒毀了）它們雕琢得更精細。」果戈里朗讀後，把手稿遞給奧博連斯基和羅賽特，請他們再給他念幾個地方。顯然，果戈里想檢查語言的音響效果。

果戈里死前最後幾年住在莫斯科亞・彼・托爾斯泰伯爵家。亞・彼・托爾斯泰伯爵說，他不止一次聽到果戈里怎樣寫《死靈魂》：他經過果戈里房間的門前時，不止一次聽到果戈里一個人鎖在屋裡彷彿在同人說話，而且有時聲音極不自然。

1 費・瓦・奇若夫（1811－1877），斯拉夫派活動家。一八四三年他同果戈里在羅馬同住在一所住宅裡。他是果戈里天才的崇拜者，但不是志同道合的朋友。

2 尼・瓦・貝格（1823－1884），詩人，記者和翻譯家，《莫斯科人》雜誌編輯，後同斯拉夫派鬧翻。他一八四八年同果戈里結識。同果戈里的交往中，對他做了細緻的觀察。

3 沙盧斯蒂奧（86－35 BC），古羅馬政治家。

4 德・亞・奧博連斯基公爵（1822－1881），司法部官吏。一八四八年通過亞・彼・托爾斯泰伯爵的介紹認識了果戈里，是聽過果戈里朗誦《死靈魂》第二卷的少數人之一。

5 亞・奧・羅賽特，即斯米爾諾娃。她是果戈里後期披露創作計劃、交流思想情緒、朗誦尚未發表作品的極少數對象之一。她在很大程度上促進果戈里宗教情緒的增長。她把自己裝扮成果戈里天才的崇拜者，但實際上對果戈里的眞正意義並不理解。

5

果戈里寫作的時候利用哪一類素材呢？

年輕的果戈里來到彼得堡幾個月後，寫信給母親道：「我求求您，最尊敬的媽媽，我善良的守護天使，請您爲我多多費心。您具有敏銳的觀察力。熟悉咱們小俄羅斯人的風土人情，因此我知道您不會拒絕寫信告訴我。這對我太需要了。下一封信中，請您替我描繪一下鄉村教堂差役的全套服裝，從上衣到靴子，並註明它們在最頑固的、最古老的、最守舊的小俄羅斯人那裡的叫法，也請列出咱們鄉村姑娘穿的連衣裙各部分名稱，一根綢帶也別漏掉，還有現時結過婚的女人和農夫服裝的名稱。第二條：哥薩克統帥以前服裝的準確名稱。您記得吧，有一次我們在教堂裡看見一個姑娘就是這種裝束。這些事還可以向老鄉親們打聽打聽。再詳盡地描寫一下婚禮，別漏掉最小的細節。再對聖誕節祝歌、伊萬．庫帕拉節和水仙女寫上幾句。如果還有別的精靈或家神，也盡量寫得詳細點，同時寫上它們的名字和故事。純樸的人民中間流傳著許多迷信傳說、駭人的故事、各種笑話以及其他等等。我對這些都非常感興趣。」過了三、四個禮拜，果戈里又寫信給母親道：「這次請您替我打聽幾種紙牌的打法：潘非立怎麼打，分幾步？同樣，帕碩克，七頁又怎麼打？環舞裡的『捉教父』和『捉仙鶴』是怎麼回事？如果您還知道別的紙牌打法，千萬別忘了告訴我。咱們那兒的小村子裡流傳著各式各樣的迷信傳說，還有老百姓講的神靈鬼怪故事。您費心替我從裡面挑一個。」一八三〇年二月他寫道：「如果您在咱們村或別的村裡，農夫或地主中間，聽到什麼有趣的笑話，請替我搜集起來。再給我描述一下風俗、習慣和傳說。您再打聽打聽古時候百人長和他們的妻子的服裝樣式，千人長當時的服裝樣式，哪些料子是當時時興的，把一切詳細告訴我：有過什麼笑話，發生過什麼逗笑的、有趣的、悲傷的和可怕的事。」

果戈里從家裡對他這些要求的答覆中，大概獲得不少他所感興趣的材料。果戈里在涅仁中學便開始記的一本筆記保存下來，筆記的標題是「瑣碎或手頭百科全書」。裡面記下了各種烏克蘭傳說和許多生活細節等。有些材料上註明：「錄自六月二日來信。」「摘自五月四日來信。」我們發現這個筆記本裡的許多材料果戈里都用在《近鄉夜話》裡了。比如，「有個傳說說妖精們摘下星星，把它們藏了起來。」我們在〈聖誕節前夜〉中讀到：「妖精這時候升得這樣高，只看見一個小小的黑點在高空裡隱約閃動。什麼地方只要一出現黑點，星星立刻一顆接一顆地消失了。不久，妖精裝滿了一袖子的星星。只剩下三四顆星還在閃爍。」再比如，筆記本裡寫道：「風尾草只在夏至日的半夜開出火焰般的花朵，誰要能摘下它，並且能勇敢地抵抗所有浮現出的幽靈，誰便能找到財寶。」〈聖約翰節前夜〉就是根據這個傳說寫的。我們還在筆記本裡找到〈五月之夜〉裡水仙女們所玩的「老鷹捉小雞」遊戲的詳盡描寫。筆記本裡還記下了婦女服裝的名稱：外套、裙子、圍裙——都是果戈里小說中經常出現的名稱。

果戈里在寫中篇小說〈塔拉斯・布爾巴〉的時候，參考過有關烏克蘭哥薩克的歷史和生活習俗的著作：博普蘭的《烏克蘭記述》、格奧爾吉・科尼斯基的《俄國人歷史》、梅舍茨基公爵的《查波羅什哥薩克歷史》等等。但果戈里寫這篇小說時採用得更多的還是烏克蘭民歌。全書浸透了民歌精神，完全是民歌的風格，簡直像用壯士歌改編的。比如這樣的地方：「年老的母親，用骨瘦如柴的雙手捶打自己衰老的胸膛，爲不止一個哥薩克灑下悼念的眼淚。在格魯霍夫、聶米羅夫、車爾尼果夫和別的城市裡，將遺留下不止一個寡婦。情人將每天跑到集市上去，抓住所有過路的人，辨認他們每一個人的眼睛，看他們中間有沒有比所有人都更可愛的那個人。可是，許多軍隊開過了城市，他們中間永遠不會有比所有人都更可愛的那個人了。」我們還能在小說中找到直接借用民歌的地方。比如小說中寫到，除了登記過的哥薩克外，情況緊迫的時候，還可以在任何時候募集到一大群志願兵，「只要副官走過所有村莊和小鎮中的市場和廣場，站在貨車上，扯開嗓門喊道：『喂，你們，釀啤酒的人，釀蜜酒的人！你們別再釀啤酒，躺在後灶上，用肥胖的身體去餵蒼蠅啦！快去贏得騎士的光榮和榮譽吧！你們，耕田的人，割蕎麥的人，牧羊的人，跟娘兒們鬼混的人！你們別再跟著犁走，把黃皮靴踩在泥土裡，別再偎在老婆身邊，消耗騎士的精力啦！該是去獲得哥薩克的光榮的時候了！』」吉洪拉沃夫[1]指出，這個地方是用寬諾夫欽科之歌的前幾節改寫的（當然做了必要的壓縮），原詩收入盧卡舍維奇出版的《小俄羅斯和白俄羅斯民歌集》中，果戈里曾使用過這本民歌集：

噢，只要費洛寧科，科爾松的上校，
在光榮的烏克蘭發出號召，
召喚人們到切爾肯谷地報到，
去贏得騎士的榮耀，
為了基督的信仰，為了神聖的宗教，
「有的來自哥薩克，有的原是鄉下佬，
他們不願在田壟上絆腳
不願扶犁彎腰，
不願把黃皮靴踩進泥淖，
……
不如去贏得騎士的榮耀，
不如一齊起來戰鬥

為了基督的信仰，為了神聖的宗教。」
那時副官便向各城市縱馬急躍，
沿街奔跑，
對釀酒的人，對搓澡的人喊道：
「你們燒鍋爐的人，搓澡的人，
你們釀啤酒的人，釀燒酒的人，
別再釀燒酒了，
別再釀啤酒了，
別再燒澡塘子了，
別再懶洋洋躺在爐炕上睡覺，
用肥胖的身軀把蒼蠅餵飽，
把煤煙蹭掉，
快跟我們到切爾肯谷地報到！」

果戈里在寫作時經常使用自己的記事本。奇若夫談道，果戈里一八四三年在羅馬的時候，如何請他路過阿里巴諾時幫他尋找一個遺失的記事本，「就像一本紀念冊」。「只是我不願意讓旁人讀它，」果戈里補充道，「我在社會上觀察到的一切都記在上面了。」塔拉先科夫[2]大夫說，果戈里喜歡詢問他不認識的字，並把它們記在專門準備的小筆記本裡。這類小筆記本他記滿了不少。有人注意到，他午飯前出門散步的時候，往往還沒走出大門幾步，忽然又飛快跑回屋去，在這類小筆記本上寫幾個字，然後再走出大門。

果戈里的這類記事本有幾個保存下來。它們刊印在著名的吉洪拉沃夫出版的果戈里文集第六卷裡。這些筆記有些出乎我們的意外。

果戈里在《作者自白》中寫道：「我的人物，非等到腦子裡已經有了性格的主要特徵，同時搜集足了每天在人物周圍旋轉的所有零碎，直到最小的胸針，一句話，非等到我從小到大，毫無遺漏地把一切都想像好了之後，才能完全形成，他們的性格才能完全豐滿。」可是這些「零碎」，這些瑣細的生活特徵和用語，這些果戈里無可比擬地見長的地方，在他的記事本裡偏偏少得驚人。在他的筆記本裡很少遇到這類記載：

房間的特徵：四分之一俄尺的鏡子鑲在用極小鏡片鑲出花式的鏡框裡。屋角擺著幾個三角架和一條掛在釘子上的、四邊用紅線繡出花紋的髒手巾。

喜鵲落在豬肚子上，但那畜生躺在泥潭裡一動也不動，只是懶洋洋地哼哼，表示由於外來的東西觸牠而感到不快。

或者是這樣的對話：

一群一塊兒幹活的工匠選出頭頭，但問題來了：「為什麼要選他？是品行好嗎？」「不不，品行不好。」「是否不喝酒？」「不，是個酒鬼。」「機靈嗎？」「不，不機靈。」「那他到底是什麼樣的人呢？」「會發號施令。」

拉網漁夫的對話。一個漁夫：「聽說沒有，不久前這兒打過一條三普特重的狗魚。」另一個漁夫從另一端：「快把他從這個地方趕走，這是個吹牛的地方。」第一個漁夫：「怎麼了，難道沒有三普特重的狗魚嗎？這兒放了幾條大個兒的呢！」第二個漁夫：「放了什麼？牧師放了魔鬼！」

這類的場面和記載，就像我們前面提到過的果戈里年輕時期的「手頭百科全書」一樣，完全淹沒在知識記事性的札記裡了。果戈里詳細記載了省長、副省長怎樣履行職務，他們的職權表現在哪些方面，省長接受什麼樣的賄賂，檢察長又接受什麼樣的賄賂，省長在總督面前有哪些爲難之處，等等。他還饒有興趣地記了不少土語：「**Хавалка**——不要臉的女人，下流女人。**Шибель**——坑窪。**Подъемцы**——叉子。**Замолаживается**——天上凝聚著雨雲。等等。」成語：「你那德行不配吃酸果子：你不會皺眉頭。」「母雞打鳴把你驚呆了？（變糊塗了）」「夜裡魔鬼在臉上輾豌豆。」最後的這個成語被果戈里寫進作品裡。他在《死靈魂》裡描寫老科長的外貌時寫道：「只是密密的坑坑窪窪的麻瘢把他的臉歸入照民間的說法是夜裡給魔鬼在上面輾過豌豆的那一類臉型裡去。」他還記了各種鳥類和植物的俗名，各式各樣的「俗話」：「**Тарархнуть**」（咕咚一聲）、「**Салазки своротить**」（把仰臥的人兩腿向頭部折）、「**Кочкарник**」（土墩多的地方）、「**Портянки**」（包腳布）、「Дерюга」（粗布）、「котоовина」（凹地），等等。果戈里對某種行業的或普通專業的所謂「技術術語」特別感興趣，比如釣魚術語、打獵術語、農業術語（「當麥穗從麥管裡吐出來的時候，黑麥、小麥便出穗了。燕麥結子，可不出穗。」「黍子變紅的時候，便成熟了。」）

我們摘錄一段果戈里對狗的毛色、品種和名稱的詳細記載：

純種狗——光滑的，尾巴和腿上，也就是瘦肉上，長著長毛。長毛狗——全身長滿了長毛。克里米亞狗——長耳朵耷拉著。布魯達狗——長著髭鬚，毛豎立……黑褐色狗——黑中泛紅，長著黑嘴頭。麥杆色狗——黃顏色。黃白花狗——白毛上帶黃點。形狀：頭——嘴臉又長又尖。好的肋骨呈桶形，凸形。瘦肉的厚度和結實程度。尾巴叫旗竿。腳掌縮在一起——握掌。狗名：「開槍」、「罵呀」、「能手」、「劃勾」、「箭頭」、「雌兒」、「獎品」、「著火啦」。

請看果戈里在描寫乞乞科夫和諾茲德廖夫一起參觀諾茲德廖夫狗房時如

何使用這些術語的吧：「一走進院子，他們就在那兒看見各種各樣的狗，有長毛獵狗，有短毛純種狗，毛色各種各樣，應有盡有，黑褐色的，黑裡帶火黃斑點的，白裡帶黃斑點的，黃裡帶黑褐花斑的，黃裡帶紅花斑的，黑耳朵的，灰耳朵的……這兒狗的名字也無奇不有，各種動詞的命令式都用上了：開槍，罵呀，飛吧，著火啦，浪蕩子，死鬼，死命咬，狠狠咬，性急鬼，小燕子，獎賞，女監護人。……它們立刻全都豎起尾巴，就是養狗行家稱之爲旗竿的東西，飛跑著向客人們迎上去……他們也參觀了以其大腿肌肉的堅硬勁兒令人吃驚的那一對狗——眞是兩條好狗。後來，又去參觀了一條克里米亞種母狗」……諾茲德廖夫勸乞乞科夫買狗：「我賣給你這麼一對狗，叫人見了簡直要毛骨悚然的！是一種長毛狗，嘴上的毛長得耷拉下來，身上的毛向上直豎，像一根根硬鬃毛一樣。肋骨滾圓滾圓的，鼓得活像一只圓桶，眞叫人不可思議，爪子整個兒縮成一團，跑起來腳不沾地！」

初版中這個地方是這樣寫的：「一走進院子便在那兒看見『搶劫』、『破產』、『襲擊』、『美人』、『鳥兒』、『小蛇』，它們的尾巴搖得像風車一般，朝著他們飛跑過來……他們看過了小狗——小狗眞不賴，後來又去看母狗。」諾茲德廖夫用下面的話勸乞乞科夫買狗：「那你就買幾條狗吧。我賣給你一對絕妙的狗：我花一萬五千盧布買的。就是那種叫人見了毛骨悚然的狗。」這樣描寫蒼白得多，在諾茲德廖夫身上感覺不到狗行家的特徵，而這些特徵在最後版本中非常鮮明地表現出來。

我們在研究保存下來的果戈里札記的時候，應當承認，果戈里直接研究生活的反映很少。詳盡記載省長的職權（這當然也很重要）是一回事，觀察省長如何履行職務則是另一回事。同謝爾蓋・阿克薩科夫待一個晚上，記下他所說的釣魚術語是一回事，實際研究釣魚的方法和體驗釣魚的樂趣又是一回事。

果戈里從朋友們的談話中汲取了大量的情節、用語、形象和題材。果戈里在中學時跟同學維索茨基[3]非常要好。他對果戈里作品的最初風格產生過很大影響。他們的同學細讀《近鄉夜話》和《密爾格拉得》的時候，到處都看到維索茨基在中學時逗他們發笑的笑話和他的表達方式。果戈里的很多素材都是莫斯科的著名演員謝普金提供的。他告訴果戈里一個市長在擁擠不堪的教堂裡找到座位的笑話。還有那句逗趣的話：「愛有缺點的我們吧，要是沒有缺點，人人都會愛上我們的。」〈舊式地主〉裡有個情節，普爾赫利雅·伊凡諾芙娜如何把野貓的出現看成死期臨近的預兆，這是謝普金祖母經歷過的事，是謝普金告訴果戈里的。謝普金碰見果戈里時開玩笑道：

「母貓可是我的呀！」

「可公貓是我的！」果戈里回答道，公貓確實是他虛構的。

庫利什[4]在《果戈里生活札記》中寫道：「密爾格拉得確實有過爲一隻鵝而吵翻的伊凡·伊凡諾維奇和伊凡·尼基福羅諾奇（自然叫別的名字）。不過他們吵翻了再和好，和好了再吵翻，還常常坐著一輛馬車去互相告狀。他們在旁人的勸架中獲得快樂，彼此完全沒有惡意。」

安年科夫寫道，三〇年代中期他在彼得堡第一次拜訪果戈里的時候，遇見一個上年紀的人正講瘋子的習性，他說他發現在他們荒謬的思維中存在著嚴格的、幾乎合乎邏輯的連貫性。果戈里坐到他身邊，注意聽他講述。果戈里從那位上年紀人的講述中所獲得的大部分素材，後來都用在〈狂人日記〉裡了。

安年科夫還講了一個給果戈里的〈外套〉提供素材的故事。「有一天，有人當著果戈里的面講了一個辦公室的笑話：一位窮公務員，嗜好打鳥，用異乎尋常的節約辦法，加上公務之外拚命地幹活，終於積蓄了購買一支價值二百盧布的列帕熱夫造上等獵槍的錢。他頭一次划著小船沿芬蘭灣尋找獵物的時候，把珍貴的獵槍擺在船頭上，用他本人的話來說，自己處於忘我的境界，直到朝船頭一看，不見新買的獵槍時，才清醒過來，小船穿過蘆葦稠密的地方時，獵槍被勾到水裡去了。他拚命尋找，可怎麼也找不到。公務員一回到家便倒在床上，從此再也沒起來：他害了熱病。直到同事們得知這件事後，大家簽名捐款，替他買了一支新獵槍，他才活了下來，但一提這件可怕的事，他就嚇得面無人色……大家聽了這個確有其事的笑話，都笑了起來，只有果戈里除外。他若有所思地聽完笑話，低下了頭。這個笑話便是他創作卓越〈外套〉的最初念頭，而這個念頭當晚便在他心中誕生了。」

謝普金和彼得堡的演員索斯尼茨基為果戈里的《婚事》提供了商人未婚妻的一些可笑的風俗。

我們在《婚事》的草稿上發現一條典型的注：「（給每位客人端一杯葡萄酒。費約克拉端酒。）這兒柯奇卡遼夫和媒人彼此挖苦了幾句。至於他們如何互相挖苦的，我已經記不清了；這得去問謝普金和索斯尼茨基，還要問問商人們這時舉行什麼儀式。他們可以同熟悉這種風俗的波戈金商議，這樣就可以把這場戲補足了。」

關於〈塔拉斯．布爾巴〉，普希金曾告訴納曉金[5]，是他暗示果戈里加上一段草原描寫的。普希金有位熟人，一位姓沙爾仁斯基的先生，在談話中對草原作了一番極其生動的描述。普希金給了果戈里聽他們談話的機會，並暗示他在〈布爾巴〉中加進對草原的描繪。果戈里在描繪草原的時候，借用了沙爾仁斯基的許多色彩，比如：草原上的火光和火光返照中的一群天鵝，像許多紅手帕，向黑暗的夜空飛去。

我想，果戈里同所有的作家一樣，非常珍視所謂的「謠言」——談論瑣事，這些瑣事也許並不符合實情，但卻鮮明地揭示出生活的特徵。他在致巴拉賓娜[6]的信中寫道：「我一直是個非常愛聽謠言的人，這對我來說就像吃一塊美味的糕點一樣，就連我們在包尤多尼吃過的冰淇淋都不能同它相比。」

阿列克謝耶夫在回憶錄中寫道：「亞歷山得拉劇院有過一位不大知名的

演員普羅霍羅夫，一位無節制的杯中物愛好者。果戈里在《欽差大臣》裡提到他，縣長問警察：『普羅霍羅夫在哪兒？』『普羅霍羅夫在分局裡待著，可是要他給您辦事可不行啦。』『怎麼啦？』『是這麼回事兒：他醉得像個死人似的，人家清早剛把他從外面抬回來。給他澆過兩桶水了，至今還昏迷不醒呢。』這場戲是果戈里在一次排演時加進去的，聽到扮演縣長的索斯尼茨基的召喚，跑進一個歇班的演員，開始念警察的台詞，可是前幾次排演時這個角色是由普羅霍羅夫扮演的，於是索斯尼茨基便問道：『普羅霍羅夫上哪兒去了？』『又喝醉了……』果戈里特別喜歡演員之間的這段對話，便馬上把它寫進上面引用的這一版的喜劇中去了。」

果戈里《作者自白》中下面的這段話使人大為詫異：「我從未用想像創造過任何東西，我沒有這種本領。只有取自現實的東西，取自熟悉素材的東西，我才能寫好。只有一個人外表最細微的特徵都呈現在我眼前時，我才能猜出他是誰。我從未在簡單臨摹的意義上畫過肖像。我創作過肖像，但那是出於思考，並非出於想像，我思考過的東西越多，創作出來的東西越眞實。同別的作家相比，我需要知道更多的東西，因爲我只要忽略幾個細節，不經過自己的思考，作品中虛僞的東西就會比別人的更刺眼……我的想像力至今既沒賜給我一個卓越的人物性格，也沒創作出我尚未在自然界中觀察到的任何事物。」

果戈里肯定說，他需要先具備全部材料的總和，才能在材料的基礎上，不憑藉想像而憑藉思考，創作人物的肖像。這同我們所知道的有關果戈里的一切，同他在其他地方自己所談的一切，大相逕庭。他在這裡這樣談論自己，因爲他遵循著一個非常明顯的目的：勸說讀者多給他寄觀察、回憶、笑話，作爲創作《死靈魂》第二卷的必不可少的素材。

如果眞像果戈里在《作者自白》中所肯定的那樣，那他寫出來的東西就極其有限了。因爲，正如我們下面將會看到的那樣，他很不熟悉生活，很少有觀察生活的機會。然而他具有巴爾扎克稱之爲「pénétration rétrospective」（回溯深入）的卓越才能，即根據兩三個無關緊要的特徵再現整個人物性格的卓越能力。就在同一篇《作者自白》中，果戈里又寫道：「在我對人的早期見解中，人們發現我善於觀察滑過別人注意力的特徵，不管它們是顯著的，還是細微和可笑的。人們說我的擅長不是模仿人，而是猜測人，即猜出他在什麼情況下必定說什麼話，同時把握住他的思想方式和語言特徵。」令普希金感到驚訝的正是他在果戈里身上所發現的「這種猜測人的能力」。果戈里在致斯米爾諾娃的信中寫道：「我是行家，靈魂只要一絲流露，就逃不過我的眼睛，他張嘴說話之前，我就先從他的臉上看出他的靈魂來。」他還對她寫道：「我看出您的靈魂並非由於論斷或推論（「思考」？），而是由於上帝把傾聽旁人靈魂的敏感注入我的靈魂中，這是我快樂和享受的源泉。」在一封未發出的一八四七年致別林斯基的信中，果戈里乾脆說他生來具有「未卜先知的天賦」。

果戈里的不少熟人都有機會觀察過他這種「回溯深入」的驚人本領和「未卜先知的天賦」。

一八四九年奧博林斯基公爵同果戈里一起從卡盧加返回莫斯科。他們在一個車站上停下來喝茶。奧博林斯基說：

我在驛站上發現一本罰金簿，並讀了某位先生相當可笑的控訴。果戈里聽完後問我道：

「您猜這位先生是何許人？有什麼樣的性格和特徵？」

「這我可不知道。」我回答道。

「那我就告訴您吧。」

於是他先用他所特有的極其逗笑的方式把這位先生的外表描繪了一番，然後又告訴我他是怎樣步步高升的，還裝扮各種不同的人物，表演了他生活中的幾個片斷。我記得，我像瘋子似的哈哈大笑起來，可是他裝扮別人的時候完全是一副一本正經的樣子。

再看看阿克薩科夫是怎麼說的吧。一八三九年秋天，果戈里和阿克薩科夫，還有阿克薩科夫的兒女們，一起從莫斯科乘車到彼得堡去。他們清晨三點到了托爾若克，都餓壞了。果戈里馬上點了遐邇聞名的托爾若克肉餅。

半小時後肉餅做好端來，光是它們的外形和香味就讓餓壞肚子的旅客們饞涎欲滴。肉餅的味道確實非常鮮美，但突然間我們大家都停止咀嚼、並且開始從嘴裡往外掏出相當長的淡黃色的頭髮。場面可笑極了……我們笑過之後仔細檢查肉餅，結果如何呢？我們從每個肉餅中挑出幾十根同樣長的淡黃色的頭髮來！果戈里的推測一個比一個更可笑。他講的時候還帶著難以模仿的小俄羅斯人的幽默。他說廚子準是喝醉了，沒睡足覺便被叫醒，做肉餅的時候懊惱得揪頭髮；也許他並沒喝醉，並且還是個心眼非常好的人，可是不久前害了場熱病，脫頭髮了，做肉餅的時候不斷甩他那頭淡黃色的捲髮，頭髮便掉進肉餅裡。我們打發人叫堂倌來說明原委，而果戈里則預先告訴我們，我們將從堂倌那裡聽到什麼樣的回答。

「頭髮？怎麼會是頭髮？哪兒來的頭髮？這不要緊，沒關係！不過幾根小雞毛或雞絨毛罷了！」

就在這時候堂倌進來了，對我們提出的問題回答得同果戈里猜得一模一樣，甚至很多詞兒都是一樣的。我們哈哈大笑，笑得堂倌和我們的聽差都吃驚地瞪著眼睛望我們。

果戈里雖然具有根據兩三個觀察到的細微特徵便能「回溯地」創造出最複雜的性格的驚人能力，但他在虛構「情節」上卻毫無天賦可言。儘管不同的研究者對他缺乏這種天賦的原因各執一詞，但在肯定事實本身上並無分歧。在這一點上，就連觀點完全對立的人，例如佩列韋爾澤夫[7]和艾興包姆[8]，彼此的看法也完全一致。「果戈里在作品中所描寫的，不是可笑的事，而是可笑的生活；不是可笑的狀態，而是可笑的人物。果戈里的滑稽不是離奇故事的滑稽，而是典型的滑稽；不是個別事件的滑稽，而是日常生活的滑稽」（佩列韋爾澤夫）。「果戈里的結構不決定於情節，情節在他那兒總是簡陋的，或者乾脆沒有情節，而彷彿僅作爲製造滑稽手段的推動力和口實而攫取的某種滑稽狀態（有時本身一點也不滑稽）。」（艾興包姆）

這是公允的。而多麼奇怪的是：《欽差大臣》和《死靈魂》的作者，赫列斯塔科夫、乞乞科夫，索巴凱維奇、瑪尼洛夫的塑造者，自己卻想不出《欽差大臣》和《死靈魂》的題材！眾所周知，這兩個題材都是普希金給他的。果戈里一八三五年十月七日致普希金的那封著名的信令人感到詫異：「行行好，隨便給我一個題材吧，一個笑話也行，別管它逗笑不逗笑，只要是純粹俄國的就行。此刻手想寫喜劇都顫抖了……行行好吧，給我一個題材；我一口氣就能寫成一出五幕喜劇，並且向您發誓：一定比什麼都逗笑！」

您看，就連隨便給他一個不逗笑的笑話，他都能寫出一齣比什麼都逗笑的喜劇來！各式各樣的形象猶如一群無家可歸的快樂小鳥在天空中飛翔；只要隨便給它們一棵樹，哪怕是枯乾的，彎曲的，小鳥們便「一口氣」都落在樹枝上，於是樹枝間便充滿一片感人的快活的啁啾聲。果戈里所有的情節都多麼缺乏內在聯繫啊，它們多麼偶然和不典型啊！一群老謀深算的官吏竟把一個輕浮的毛孩子當成欽差大臣；一位官員竟然害怕結婚，從未婚妻身邊逃開，跳到窗戶外面去……而這不都一樣嗎？如果能使具有最概括意義的最典型形象圍繞任何題材旋轉，題材還重要嗎？我個人總覺得，在題材荒誕不經並且極不眞實的〈鼻子〉裡，果戈里簡直嘲弄對待題材的嚴肅態度了。您看看柯瓦遼夫少校吧，看看伊凡·雅柯甫列維奇理髮師和他太太吧，看看全彼得堡的日常生活和波德托慶娜一類的軍官太太、警察分局長和受理廣告的職員吧，刻畫得不錯吧？精彩極了！那麼，不論用什麼題材來展現他們的行爲對您不都一樣嗎？即使給您一個最典型和最眞實的題材，他們還能被寫得哪怕更典型和更突出一絲一毫嗎？

或許還得算上〈伊凡・費多羅維奇・希邦卡和他的姨媽〉。他一下子就把故事從中間打住了，用一個笑話敷衍過去：講故事的老婆子把筆記本的後一半撕下來烘餡餅啦。可您要結尾幹什麼？還需要給謙卑的伊凡・費多羅維奇，給他身材高大的姨媽，給胖子葛里戈里・葛里戈里耶維奇和他待嫁的妹妹增添些什麼呢？

果戈里認爲「要寫出偉大而嚴整的作品」最重要的是「高漲的情緒和平穩的心境」，那時藝術家便能站得比他所描繪的生活高，便能從旁觀察它，彷彿觀察「一件與自己毫不相干的事」。他在《作者自白》中寫道：「所有未喪失創作能力的作家幾乎都有一種我不稱之爲想像力的才能——把不在眼前的事物想像得彷彿就在眼前一樣的才能。只有我們離開所描寫的對象時，這種才能才會在我們身上發揮出來……我待在俄國的全部期間，腦子裡的俄國是凌亂而破碎的，怎麼也不能把它合爲整體；我的精神沮喪了，就連認識它的願望也逐漸減弱。但我剛一邁出俄國，它便在我腦子裡化爲整體。」「我只能在羅馬寫俄國，」果戈里在致普列特尼奧夫的信中寫道，「只有在那邊它才是整個的，它才能對我顯出全部的雄偉來」。

1 尼·謝·吉洪拉沃夫（1832—1893），文學史家，莫斯科大學教授，主要從事古代手稿的研究。

2 阿·捷·塔拉先科夫（1816—1873），著名醫生，他曾爲臨終前的果戈里看病，並對果戈里作了觀察。他寫的〈果戈里臨終的日子〉等著名回憶錄受到車爾尼雪夫斯基的好評。

3 格·伊·維索茨基（未詳），果戈里中學好友，一八二六年中學畢業後便到彼得堡去了。果戈里從涅仁中學寫給他的信中，表露出自己對反動教師的憎惡。

4 潘·亞·庫利什（1819—1897），烏克蘭作家，歷史學家。他所寫的論述果戈里的著作《果戈里生活札記》在當時影響很大。

5 帕·沃·納曉金（1800—1854），普希金的朋友，果戈里的熟人。

6 瓦·奧·巴拉賓娜，退休警察將軍巴拉賓的妻子。

7 瓦·費·佩列韋爾澤夫（1882—1968），蘇聯著名文藝理論家，他的方法論中包含庸俗社會學的觀點。

8 鮑·米·艾興包姆（1886—1959），蘇聯著名文學史家。

6

你熟悉了大藝術家已經完成的作品之後，再回過頭來研究這部作品的未經潤色的初稿時，往往會產生一種激動而困惑的奇異感覺：眞的嗎，你所熟悉的如此優美和嚴整的作品，當初怎麼會寫得這樣蒼白和拙劣呢？甚至會產生這種想法：原來如此，誰都能寫出來。不錯，誰都能……但爲什麼又不是誰都能把蒼白和拙劣的作品變成卓越和嚴整的作品呢？眼前展現出藝術家所付出的艱鉅的勞動，你一步一步往下看，他怎樣緩慢而艱鉅地，彷彿攀登峭壁一般，越爬越高，你便會明白那句古老的格言了：「天才便是忍耐。」你便會明白，天才與庸才的區別與其說在於天賦，不如說在於對自己的嚴厲無情，在於不滿足渺小成就，在於永不減弱的、不達完美境界絕不休止的工作意向。

有人當畫家費多托夫1的面稱讚他的油畫《小寡婦》畫得樸實時，他回答道：

「不錯，畫上二百次就會畫得樸實的。」

果戈里在中篇小說〈肖像〉中也說過：「藝術家所有的從容和輕快，都是極其勉強得到的，都是艱鉅努力的果實。」

如果應當向大作家已經完成的作品學習應該如何寫作，那麼向這些尚未潤色的手稿學習不應該這樣寫作也是極有益的。藝術家彷彿在這兒給我們上直觀課，彷彿用手指一行一行地指著對我們說：「你瞧，這兒得刪去，這兒要壓縮，這兒不自然，得重寫，這兒還要加上幾筆，形象才能突出。」

我舉幾個例子說明果戈里是怎樣修改已經寫好的作品的。一八三五年小說集《密爾格拉得》裡刊載了果戈里的中篇小說〈塔拉斯．布爾巴〉。他後來又完全重新改寫了這篇小說，改寫後的小說收入一八四二年出版的《尼古拉．果戈里文集》的第二卷裡。在第一個版本裡，從塔拉斯殺死兒子安德烈到奧斯達普被波蘭人俘虜，相隔了一段時間：查波羅什人為了在路上劫回被波蘭人擄去的伙伴，悄悄解除了對波蘭城市的包圍，波蘭軍隊追上了查波羅什人，奧斯達普就在那次戰役中當了俘虜。我從《密爾格拉得》版本裡簡略抄出安德烈被殺和奧斯達普被俘的兩個場面，並指出果戈里在最後版本中所刪去的特別刺眼的敗筆和累贅的地方。

塔拉斯看見安德烈指揮的一支埋伏的波蘭騎兵聯隊——

……便帶著為數不多的幾個人發瘋似地向這支騎兵聯隊衝了過去。安德烈從遠處認出他來，並從遠處看見他氣得渾身打顫。他就像一個卑鄙的懦夫，躲藏在士兵行列的後面，從那兒指揮軍隊……塔拉斯已經扔掉馬刀和火槍，只揮舞著一只可怕的、過重的、釘滿銅刺的圓錘形權標。要想看到瘋狂的化身，要想原諒已經感到自己靈魂不十分乾淨的安德烈的怯弱，只要對他臉望上一眼就夠了。他臉色慘白，看見他的波蘭人如何喪命和逃散；他看見自己身邊最後一批人已經準備逃跑了；他看見有人已經掉轉馬頭，扔掉火槍。「救命呀！」他喊道，絕望地伸出雙手。「你們往哪兒跑？你們瞧呀：他就一個人。」（在這種情形下安德烈不逃跑合乎情理嗎？）

鎮靜下來的士兵停了一下，看見追趕他們的人只帶著三名疲憊不堪的哥薩克，又來了勇氣。但他們竭力對抗對手的這種不顧一切的決心仍然是徒勞的。

「不，你別想從我這兒跑掉！」塔拉斯喊道，追趕那些奔逃的人，他們開始發覺他們是在同魔鬼打交道。

絕望的安德烈做了逃跑的努力，但遲了：可怕的父親已經站在他面前。他無望地停在一個地方。塔拉斯回頭看了一眼：他後面一個人也沒有了，所有的伙伴都倒在曠野的各處。就剩下他們兩個人。

「怎麼回事兒，兒子？」布爾巴望著他的眼睛說。

安德烈沒有回答。

「怎麼回事兒，兒子？」塔拉斯又說了一遍。「你那些波蘭主子給你便宜占了沒有？」

安德烈一句話也沒說：他站在那兒，好像受審判一樣。

「你就這樣甘心出賣信仰？你誕生的那個時辰將要遭到詛咒。」

他說完了這句話，目光炯炯地向四外看了看。

「你以為我會把自己的兒子隨便獻給什麼人嗎？不會！我生了你，我也要打死你。站著不許動，不用乞求上帝的饒恕：幹了這種事在那一個世界裡也得不到饒恕！」

塔拉斯向後退了幾步，從肩上取下火槍，瞄準了……槍聲響了……彷彿被鐮刀刈割的穀穗，他垂下了頭，倒在草地上，沒有說一句話。

這時奧斯達普騎馬跑過來。

「爹！」他說道。

塔拉斯沒聽見。

「爹！你打死了他？」

「是我，兒子！」

奧斯達普臉上現出一種無言的責備，他撲過去擁抱自己的伙伴和旅伴，二十年來他們一起長大，共同生活。

「行了，兒子，夠了！咱們把屍體抬走，埋葬起來！」塔拉斯說，同時把心裡冒出來的刺心的感覺壓下去。

他們抬起屍體，扛到查波羅什軍隊後方一片燒焦了的樹林子裡去，用馬刀和標槍挖了一個坑。

屍體放進坑裡，蓋上土，而一分鐘後塔拉斯已經揮舞馬刀衝進敵人的聯隊，彷彿什麼事都沒發生過。區別僅僅在於，他現在廝殺得更加勇猛，燃燒著為子報仇的欲望。他最後知道了，是誰使他兒子背叛的，於是決定無論如何也要攻下城市……但一件沒有料到的事在不可妥協的復仇中途制止了他。

查波羅什人去搶劫俘虜，但他們被波蘭軍隊包圍了。查波羅什人聚攏在自己的輜重車周圍，有效地防守著。

這時奧斯達普在自己的這一側把所有的炮彈都放完了，他受到狂熱的誘惑，離開輜重車一段距離，進行小股射擊，後來投身到白刃戰中。他的兇猛沖垮了敵人的一部分聯隊，但很快就被向他逼進的人數眾多的敵人抓住了，於是老塔拉斯親眼看見幾隻手怎麼把他舉起來，在他身上綁上幾根粗繩子，押進人群裡去。援助和解救愛子的願望使他忘記自己崗位的重要性。他同較多的一部分查波羅什人離開了輜重車，衝進敵人的中心，以為奧斯達普就在那兒。被敵軍分割開的查波羅什人，完全湮沒在敵軍之中。每個人只好單獨行動，真應當看看，每個人怎樣閃電般地轉向四面八方，用馬刀劈，用槍托打，用鞭子抽，用手杖擊。每個人都看到眼前的死亡，只是盡量把自己的生命出售得昂貴些。布爾巴像一個巨人，在這一團混亂中表現得與眾不同。他兇猛地給敵人以有力的打擊，落在他身上的打擊更使他怒火萬丈。伴隨著這一切的是他粗野可怕的喊聲，而他的聲音像遠處的馬嘶，傳遍曠野。最後聽到幾十只馬刀一齊打在他身上的響聲；他失去了知覺，咕咚一聲栽倒在地上。人群擠壓他，揉搓他，戰馬踐踏他那蒙了一層塵埃的身體。……

這幾段描寫彷彿出自中學生的手筆，毫無才氣可言：沒有生氣的陳腐的句套子同誇張的、刻板的詞句顛來倒去。戰頭的描寫沒有任何氣氛，簡直像報紙上登載的沉悶的戰地報導。可是這幅蒼白的畫卷再一次經過大師的手，再看看吧，畫面變活了，人物變得自然豐滿了。塔拉斯不僅揮舞馬刀粗野喊叫，我們還能感覺到他在衝向被敵人包圍的兒子時的內心感受。安德烈被殺和奧斯達普被俘的兩個情節被安排在一起，因而加強了它們的悲劇氣氛。情節是在激烈到白熱化程度的戰鬥背景上展開的：庫庫卞科已經被打死了，所有優秀戰士也幾乎全被打死。哥薩克終於漸漸轉敗爲勝。但被圍困的城市的大門突然打開，一隊驃騎兵從裡面飛馳出來，走在最前列的是安德烈。驚訝萬狀的塔拉斯吩咐伙伴們把他誘進樹林子裡，哥薩克截斷了驃騎兵的去路，果洛柯貝簡科用馬刀平著打了安德烈的背一下，便向樹林馳去，安德烈在後面追趕。

安德烈拍馬趕來，差一點就要趕上果洛柯貝簡科，忽然誰的一隻強有力的手抓住了他的馬韁繩。安德烈回頭一看：站在他面前的是塔拉斯！他渾身戰慄著，臉色忽然變得慘白……剎那間安德烈的怒火消失了，彷彿從來不曾發作過一樣。他在自己面前只看見可怕的父親。

「好啊，現在咱們該怎麼辦？」塔拉斯說，直對著他的眼睛望著。可是，安德烈一句話也回答不出，只是停著，眼睛望著地上。

「怎麼樣，兒子，你那波蘭主子給你便宜占了沒有？」

安德烈沒有回答。

「你就這樣甘心出賣？出賣信仰？出賣自己人？站住，滾下馬來！」

他像小孩子一般恭順地從馬上滾下來，半死不活地站在塔拉斯面前。

「站住，不許動！我生了你，我也要打死你！」塔拉斯說，往後倒退一步，從肩上取下槍來。塔拉斯開槍了。

像是被鐮刀刈割的穀穗，他垂下了頭，終於一句話也沒說，滾倒在草上。殺死兒子的人站在那兒，長久地凝視著停止呼吸的屍體。

「爹，你幹了什麼事情呀？是你打死他的嗎？」這時奧斯達普騎馬跑過來說。

塔拉斯點了點頭。

奧斯達普仔細凝視死者的眼睛。他覺得弟弟怪可憐，就說：「爹，咱們把他體體面面埋葬起來吧，別讓敵人侮辱他，別讓兇猛的禽鳥撕裂他的身體。」

「我們不埋他，別人也會來埋他的！」塔拉斯說，「會有女人來哭悼他，安慰他的！」

他想了一兩分鐘，琢磨是扔下他不管，讓貪得無饜的野狼啃食他呢，還是憐惜他騎士式的勇武氣概，不管誰身上有這種氣概，勇敢的人都應當加以尊敬。正在這當口，卻看見果洛柯貝簡科騎馬向他跑來了：「糟啦，聯隊長，波蘭人增強了，生力軍來支援他們啦……」果洛柯貝簡科還沒說完，伏符土甸科又飛馬趕到：「糟啦，聯隊長，生力軍又湧到啦……」伏符土甸科還沒說完，貝薩連科連馬也沒有騎，徒步奔來了：「你在哪兒，老爹，哥薩克們正在找你。營支隊長聶維雷奇基陣亡了，查陀羅日尼陣亡了，車烈維倩科陣亡了。可是哥薩克還在繼續抵抗，不見你一面不願意死去；希望你在他們死前的一刻能去看一看他們。」

「上馬，奥斯達普！」塔拉斯說，風馳電掣般拍馬趕去，為了想再能見到哥薩克們，再能看他們一眼，讓他們能在臨終之前見著自己的聯隊長。可是，他們還沒有跑出樹林，敵軍已經從四面八方把樹林包圍起來，在樹木之間到處都可以發現手持馬刀和長矛的騎兵。「奥斯達普！奥斯達普！別後退！」塔拉斯喊道。他自己拔刀出鞘，不管碰到什麼人，只顧一個勁地砍去。忽然有六個人向奥斯達普猛撲過來；可是，顯然他們來的不是吉利的時辰：一個人的腦袋不翼而飛；第二個人還沒站定就翻倒了；第三個人肋骨上挨了一長矛；第四個人最勇敢，他一低頭，讓過了飛來的子彈，火熱的子彈打中了馬的胸脯——瘋狂的馬前蹄直立起來，咕咚一聲倒在地上，把騎兵壓死在下面了。

「打得好，兒子！打得好，奧斯達普！」塔拉斯喊道：「我跟在你後面呢！」一邊喊，一邊不斷地擊退襲來的敵人。塔拉斯砍著，殺著，對準一個個敵人的頭上打過去，眼睛卻總是望著前面的奧斯達普，只見八個敵人跟奧斯達普扭作一團，打起來了。「奧斯達普！奧斯達普！別後退！」可是，敵人已經把奧斯達普打敗了；一個人把套索拋在他的脖子上，把奧斯達普捆起來，帶走了。「哎，奧斯達普！奧斯達普！」塔拉斯喊道，向他那邊衝過去，像切白菜似的，把迎上來的和膽敢阻攔的人殺得落花流水：「哎，奧斯達普，奧斯達普！」可是，就在這一剎那，一塊沉重的大石頭似的東西把他壓倒了。一切都在他眼前旋轉和翻騰起來。頃刻間，人頭呀，長矛呀，硝煙呀，火光呀，帶葉子的樹枝呀，這一切都混成一團，在他面前閃亮，照耀著他的眼睛。於是他像一棵被伐斷的橡樹一樣，咕咚一聲栽倒在地上。一層迷霧遮住了他的眼。

再看看《欽差大臣》——從初版本、《欽差大臣》舞台演出本到最後版本——裡的幾個片段。縣長通知官吏們，一個朋友在信中告訴他欽差大臣已經到了縣城。郵政局長進來了。

初版本

縣長：您好，伊凡・庫慈米奇！我專門派人去找您，為了要告訴您一件非常重要的新聞。

郵政局長：我聽彼得・伊凡諾維奇・鮑布欽斯基說來著：他今天上郵局裡去過。

縣長：這個碎嘴子已經到處都去過了！我不知道您怎麼樣，伊凡・庫慈米奇，我可覺得渾身都起雞皮疙瘩了……

郵政局長：怎麼了，難道您從來沒有見過欽差大臣？

縣長：見過，可是您知道嗎，現在摟得太過分了。還有什麼可說的，小城窄得太厲害了。

第二版本

縣長：您好，伊凡・庫慈米奇！我專門派人去找您，為了要告訴您一件非常重要的新聞。

郵政局長：我聽彼得・伊凡諾維奇・鮑布欽斯基說來著。他今天上郵局去過。

縣長：怎麼樣，您對這件事有什麼看法？

郵政局長：我怎麼看？我看要跟土耳其人打仗了。

縣長：不對，不對，完全不是那麼回事兒。郵政局長：真的，要跟土耳其人打仗了。事情全是法國人策動的。

縣長：跟土耳其人打什麼仗！哪兒來的土耳其人？就要遭殃的是咱們，可不是什麼土耳其人。這是明擺著的事：有位可靠的人通知我，一位官員正是為了察看我們縣的民政體制才來的。

郵政局長：可能，很可能這種說法是對的。

縣長：您有什麼感覺，伊凡・庫慈米奇？我可有點發冷。

郵政局長：我自己可有點發熱。您害怕嗎？

縣長：有什麼可怕！沒什麼可怕的，就是覺得不自在，天曉得多麼不自在。我得承認，我把這兒的商人和市民刮得太厲害了，世上未必找得到再能刮下點什麼的刀子；他們所有人現在對我……要是我落到他們手裡，準會把我吃了。

最後版本

郵政局長：諸位，請告訴我，怎麼啦，什麼官員要上我們這兒來啦？

縣長：難道您沒有聽說嗎？郵政局長：我聽彼得・伊凡諾維奇・鮑布欽斯基說來著。他剛上郵政局裡去過。

縣長：怎麼樣？您對這件事有什麼看法？

郵政局長：我怎麼看？我看要跟土耳其人打仗。

亞莫斯・菲約陀羅維奇：真對！我也是這麼想。

縣長：你們倆都看錯啦！

郵政局長：真是要跟土耳其人打仗。事情全是法國人策動的。

縣長：跟土耳其人打什麼仗！就要遭殃的是咱們，可不是什麼土耳其人。這是明擺著的事：我這兒有一封信。

郵政局長：你既然這麼說，那麼，就算不會跟土耳其人打仗。

縣長：您打算怎麼辦，伊凡・庫慈米奇？

郵政局長：我怕什麼？您怎麼辦，安東・安東諾維奇？

縣長：我要什麼緊？我不害怕，可就是有點……那些商人和市民讓我有點擔心。人家說，我把他們害苦了，可是我，說真的，就算拿了人家點什麼東西，我對他們可沒有存什麼歹意。

所有人物變得更加鮮明、突出、生動了，每個人的話都立即顯示出他的性格。「不對，不對，完全不是那麼一回事！」這句話每個人都可以說。「你們倆都錯啦！」只有具有縣長性格的人才能這樣說。在第二個版本裡縣長說得拖泥帶水：「這是明擺著的事：有位可靠的人通知我，一位官員正是為了察看我們縣的民政體制才來的。」在最後版本裡市長說得很簡短，就像這個魯莽漢短粗的手指頭一樣：「這是明擺著的事：我這兒有一封信。」就這麼一句話。在第二版本裡郵政局長委婉地向縣長讓步：「可能，很可能這種說法是對的。」現在則是馬上收回自己的看法：「您既然這麼說，那麼，就算不會跟土耳其人打仗。」在前兩版中，心理上是完全不可能的：貪污者當眾說自己把城裡所有的商人和「市民」都刮得精光。這完全是舊悲劇裡的那一套：如果是惡棍，就到處說自己是惡棍。比如蘇瑪羅科夫[2]悲劇中的僭稱國王的德米特里：

罪惡女神在我身上慌恐地嚙噬著我的心，
惡棍的靈魂一刻也不得安寧，
我知道，我是罪惡的殘忍看客，
世上所有無恥勾當的創造者。

最後版本裡市長說得非常謹慎：「說真的，就算拿了人家點什麼東西，我對他們可沒有存什麼歹意。」

赫列斯塔科夫向市長太太表白愛情。在初版本裡，表白愛情的時候女兒瑪麗亞・安東諾夫娜在場，這完全是通俗喜劇的格式。

初版本

安娜・安德烈耶芙娜：哎呀，這怎麼可能！您跪在我們面前。

赫列斯塔科夫：不錯，夫人，我對您感到一種強烈的愛情，您就讓我幸福吧。我將成為最最幸福的人。

安娜・安德烈耶芙娜：哎呀，天啊！我真……不知道往哪兒躲才好了。這怎麼可能！請您告訴我，您這些話更多的是對誰說的，對我還是……

赫列斯塔科夫：對您，您，夫人！您要是不答應我的求婚，那……您不知道我會幹出什麼事來。我會自殺！真的，我會自殺！我是個果敢的人。

安娜・安德烈耶芙娜：我真不知道該怎麼對您說才好。我在某種程度上已經是有夫之婦了，因為我有丈夫……

赫列斯塔科夫：都一樣。要是您不答應我的求婚，我就活不下去了。真的！生命對我一錢不值。

安娜・安德烈耶芙娜：哎呀，天啊！您怎麼這麼嚇唬我呢……真的，我結過婚了。

赫列斯塔科夫（站起來，用手帕撣膝蓋上的土）：啊，是這樣！您真結過婚了。

最後版本

表白當然是在兩個人之間進行的。

安娜・安德烈耶芙娜：您怎麼跪在地上？哎呀，快起來！這兒地板太不乾淨。

赫列斯塔科夫：不，我要跪著，一定要跪著！我要知道命運註定叫我怎麼樣：活著，還是死？

安娜・安德烈耶芙娜：可是對不起，我還沒完全弄清楚您話裡的意思。我要是沒弄錯的話，您是想向我女兒表白愛情吧。

赫列斯塔科夫：不，我是愛上您了。我的生命繫於一髮。您要是不成全我的永恆的愛情，我就再也沒有必要活在這世上。我懷著滿腔的烈火向您求婚。

安娜・安德烈耶芙娜：可是您知道：我有點不方便……我是有夫之婦。

赫列斯塔科夫：這不要緊！愛情沒有這些區別，卡拉姆辛[3]說過：「縱令法律不容亦不在乎」。我們躲進溪邊樹蔭底下去……我向您求婚，向您求婚。

「躲進溪邊樹蔭底下」……曾使阿波隆・格里戈里耶夫拍案叫絕：果戈里在這幾個字裡概括了馬爾林斯基[4]和別涅吉克托夫[5]所有的誇張的胡話，這是當時的「狂熱戀人」常常掛在口頭上的話。而且整個表白都是用這種「火熱的文體」寫成的。

再看看《死靈魂》中的一個片段——索巴凱維奇在警察局長家裡用早餐時吃掉一條鱘魚的那一段。

以前的版本

客人們搓著手，帶著滿意的神氣向桌子靠近，等到每人喝過一杯酒之後，就像通常所說的那樣，各自開始顯露出自己的性格來——有的吃魚子，有的吃鮭魚，有的吃乾酪。但索巴凱維奇全然不把這些小玩意放在眼裡，馬上湊到鱘魚跟前，在旁人吃喝談笑之際，他只用了一刻多一點的時間就把整條鱘魚吃下肚了，待到客人們想起鱘魚來，拿著叉子向它走去的時候，只見盤子裡僅剩下魚頭和魚尾了。索巴凱維奇幹掉了鱘魚，便坐在安樂椅裡，不再喝也不再吃了，只是瞇起的眼睛一眨一眨的。

最後的版本

客人們先乾了一杯暗沉沉的橄欖色伏特加酒，那種顏色只有在俄羅斯用來刻印章的晶瑩透明的西伯利亞石頭上才能夠看得到，然後，大伙兒舉起餐叉從四面八方圍向桌子，如俗話所說，開始各顯身手起來，有人猛攻魚醬，有人猛攻鮭魚，有人猛攻乾酪。索巴凱維奇對所有這些小零碎全不放在心上，一站就站在鱘魚旁邊，趁大伙兒吃喝談笑的當口，在一刻多鐘的時間裡把整條鱘魚風捲殘雲似的一掃而光，等到警察局長想起這尾魚，說：「諸位先生，你們倒來嘗嘗這造化的傑作是怎麼個味兒？」舉著餐叉帶領其他的人走到鱘魚前面的時候，只見這造化的傑作就剩下一條尾巴了；可是索巴凱維奇卻裝痴作呆，彷彿這不是他幹的，自顧自走到擺得最遠的一只盤子前面，動手叉一尾風乾的小魚兒去了。既然獨吞了一大條鱘魚，索巴凱維奇就揀一把圈手椅坐下……。

---

1 帕·安·費多托夫（1815－1852），俄國批判現實主義繪畫藝術的創始人之一。作品反映了官吏的貪婪愚蠢、商人的愚昧庸俗和貴族的道德墮落。

2 亞·彼·蘇瑪羅科夫（1717－1771），作家，俄國古典主義代表。

3 尼·米·卡拉姆辛（1766－1826），作家，歷史學家，俄國文學中感傷主義奠基人。

4 馬爾林斯基是十二月黨人亞·亞·別斯圖熱夫（1798－1837）的筆名。他是俄國文學中浪漫主義的狂熱鼓吹者，作品局限性很大，曾被別林斯基作為果戈里的對立面加以批判。

5 符·格·別涅吉克托夫（1807－1873），俄國浪漫主義詩人。

7

我們在果戈里的創作中，看到兩種截然不同的顯著的旋律：激昂的抒情和無節制的抓人的笑。這兩種旋律很難融為一體——像在〈舊式地主〉或〈外套〉中那樣。在大部分作品裡，它們單獨存在，沒有融為一體，只交叉在一起。

《死靈魂》中有幾個最典型的例子：

……壯闊的土地氣勢凜然地把我摟入胸懷，以令人戰慄的熱力將自己的姿影刻印入我的心靈；我的眼睛被一種超乎自然的魔力照亮了：噢！俄羅斯！你是一片多麼光輝燦爛、神奇美妙、至今未被世間認識的異鄉遠土喲！

……

「把馬勒住，勒住，你這蠢貨！」乞乞科夫對謝里方喊道。

「看我一刀宰了你！」迎面馳來的一個鬍子足足有一尺長的信使叫罵道：「你瞎了眼啦，讓魔鬼把你的靈魂抓了去：這是官車！」轉眼之間，三駕馬車帶著隆隆聲，捲著塵土，像幻影一樣消失不見了。

旅途！在這個字眼裡包含著多麼奇異的意味啊，又誘人，又奇妙，又令人遐想聯翩！……天哪！這遙遠遙遠的旅途有時是多麼美好！有多少回我有如一個落水的有滅頂之災的人，緊緊抓住了你，而你每回都慨然伸出手來拯救了我！你孕育過多少神妙的靈感、充滿詩意的夢幻，又留下多少奇異難忘的印象啊！……連我們的朋友乞乞科夫的心裡此刻懷有的也不盡是一些平庸的夢想了。那麼，就讓我們來看一看，他有些什麼感受吧。起先他一無所感……

等等。

正如斯洛尼姆斯基[1]所指出的那樣，這種「嚴肅與滑稽的焊接」和「由於滑稽形象驟然變爲畸形而產生的鮮明的對照」是果戈里的固定的結構手法。「獲得兩種相反方向的感覺：扣人心弦的緊張激昂氣氛和驟然間滑稽的中斷。這兩個方面相互制約，缺一不可：激情越高漲，越勃發，坡線越險峻，它的斷面也越陡峭。」（〈果戈里的滑稽藝術〉）

然而果戈里這兩方面的才能很不相同。在笑的方面，果戈里不僅在我國文學中，即使在世界文學史中，至今仍然是不可逾越的大師。在旁人那兒很難找到這種罕見的優雅的笑，這種完全不同於亞里斯托芬[2]、拉伯雷[3]、斯威夫特[4]、莫里哀和我們的薩爾蒂科夫—謝德林[5]的粗野而累贅的笑。在這方面果戈里至今仍絲毫沒有喪失意義，絲毫沒有暗淡和生鏽，我們現在仍然可以像他同時代人那樣向他學習。

但在抒情方面就不能這樣說了。儘管在這方面果戈里有時也能攀登技巧的高峰，比如《死靈魂》中的幾段抒情插話（第七章著名的開頭：「幸福的旅客」或者普柳什金故事中哀嘆暮年的那段話），有時對大自然的描繪，比如在〈塔拉斯・布爾巴〉中對草原的那段描繪，別林斯基曾驚嘆道：「草原，眞見你的鬼，你在果戈里筆下怎麼那麼美！」但一般說，抒情正是果戈里最薄弱的地方，他時常陷入誇張的修辭中，那時自己的話便不見了，露出「美好的」、「美妙的」、「迷人的」這類俗字眼，還有大量表示感情的刪節號和驚嘆號。在表露內心感受的地方，果戈里不及一個從未想寫作的人所說出的話那樣吸引我們，他在這方面一點本事也沒有，簡直令我們驚訝。

一八三四年來臨之際果戈里寫道（不是爲了發表，而完全是爲了自己）：「噢！我不知道該怎麼稱呼你，我的天才！你從搖籃時期就經常唱著和諧的歌曲從我耳邊飛過，至今還在我心靈裡喚起美妙的、無法解釋的思緒，撫愛我心中遠大的、令人陶醉的理想！噢，看上我一眼吧，美妙的天才！用你那天使般的眼睛俯視我吧，我跪在你腳下。噢，不要同我分手！就像我的一個好兄弟，每天在大地上哪怕陪伴我兩個小時也好。我要有所作爲……我要有所作爲。生命在我身上沸騰。我的著作將充滿靈感。一個人世間無法理解的神靈將飛翔在我的著作之上！我要有所作爲……噢，吻我，祝福我吧！」

這簡直像是爲演員朗誦而寫的。你彷彿看到，演員怎樣充滿靈感地把雙手舉向天空，怎樣跪下來，深深低下頭，充滿熱情地低語道：「我要有所作爲……我要有所作爲！」他可以使觀衆欣喜若狂。但這只是舞台上的獨白，沒有一絲一毫的眞情。

還可以舉出另外一個例子。一八三九年在羅馬的時候，年輕的維耶利戈爾斯基伯爵[6]，一個果戈里異常依戀的有才華的青年，死在果戈里的眼前。果戈里寸步不離地看護著他，整夜整夜地不睡覺。他當時感受的札記保存下來了，有點像果戈里寫在信紙上的日記。請看下面的這一段：

「我的頭昏沉沉。」他說。我開始用桂枝搧他。「哎呀！多輕爽，多舒服啊！」他說。他的話語那時是……是多麼珍貴呀！我什麼都肯犧牲，什麼人間的，可鄙的榮華富貴，這些卑鄙的，這些齷齪的榮華富貴……不！這些都不值得一提。如果這幾行凌亂的、脆弱的字，我的感情的蒼白的表露，落到你手裡——只要能落到的話——你便會理解我。不然它們便不會落到你手裡了。你便會理解，這一大堆寶藏和榮譽，這些對稱之為人的木偶叮噹發響的誘餌，是多麼齷齪了。噢，那時我會多麼高興，會多麼兇狠地把從魔鬼強大的權杖散落下來的一切都踩爛、壓死啊，只要我能知道，用這種代價可以買到標誌著他稍微輕鬆一些的臉上的笑容的話！

當然，這一切都是眞摯的——我們知道，維耶利戈爾斯基生病以至逝世，對果戈里確實是沉重的打擊。但他的札記裡仍然沒有絲毫的眞情，沒有一句出自肺腑的話語。只有誇張的詞藻、動聽的空談、「桂枝」，標題爲：「別墅之夜」……

每當果戈里描寫美的事物的時候，便像小學生似的，生怕描寫得不夠美，於是他便摒除一切「卑賤的」詞彙，一個接一個地堆砌最高級形容詞。他所描寫的大自然的美雖然艷麗，但缺乏生命力——讀過普希金、屠格涅夫、托爾斯泰和契訶夫的作品之後，簡直無法卒讀。

「你們知道烏克蘭的夜嗎？你們不會知道烏克蘭的夜的啊！看看這夜色吧：月亮從中天向下窺視，遼闊的天宇向四外延伸，顯得格外地遼闊。它燃燒著，喘息著。整個大地沐浴著銀色的光輝；奇妙的空氣又涼爽、又悶熱，充滿著甜醉的氣息，一片薰香的海洋顫動著。非凡的夜！迷人的夜……整個大地睡著了。可是在天空中，一切都喘息著，一切都是奇妙的、莊嚴的。心裡感覺到遼闊和不可思議，一大堆銀色的幻象就和諧地在靈魂的深處滋生了出來。」這使人想起契訶夫的《海鷗》中一位剛開始寫作的作家談到小說家特里哥林時所說的話：「對於他，破瓶的頸子在堤上閃光，風磨的巨輪投下的一道陰影——月夜的情景就出來了，可是，我呢，顫慄的光影，星星們無聲地眨著眼睛，遠遠的地方有鋼琴的聲音，在靜寂芳香的空氣裡，漸漸消逝……唉，這眞令人苦惱！」

果戈里筆下的美女形象尤其千人一面，沒有生命。她們完全是一個樣子。

「梳著一條厚實的長辮子的端正勻稱的女人的姿影……這是畫家增添上最後一筆的作品了，這是一個千嬌百媚的絕世佳人；胸、頸和雙肩呈現出勻稱的美麗的線條，這種線條只有充分發展的美色才會有的……潔白如雪的牙齒，芳香的頭髮，芬芳的嘴唇……」這就是〈塔拉斯‧布爾巴〉中的波蘭美女。

「這實在是一個筆墨難以形容的絕代佳人……一切美女個別的美點，都凝集到她一個人身上去了。看了她的胸脯和乳房，別的美女的胸脯和乳房有什麼缺點，就一目了然。一切別人的頭髮，跟她的濃密的、發光的頭髮比起來，就顯得稀疏而暗淡無光。她天生成一雙美妙的手，似乎爲的是叫所有的人都變成畫家……只有古代的雕刻家在他們的雕像中才保存著她的腳的高貴的美的觀念。這是一種豐滿的美，是爲了叫所有的人耀目欲眩才創造出來的！」〈羅馬〉中的安農齊亞達。

「天啊，多麼美的臉蛋呀！白得耀眼的迷人的前額覆蓋著瑪瑙般美麗的頭髮……嘴唇閉鎖在層層迷人的幻夢中。」〈涅瓦大街〉中的妓女。

其餘的美女也都如此，比如奧克薩娜和碧多爾卡，甘娜和烏連卡，都是糖盒上的美人。可是托爾斯泰就不怕把娜塔莎・羅斯托娃寫得嘴大。「她裸露的脖子和手臂比起艾倫的肩膀來又瘦又難看。她的肩膀瘦小，胸脯不明顯，手臂精瘦。」然而托爾斯泰卻能使娜塔莎無比迷人，而且我們也相信藝術家的話：「她的嫵媚的美酒使包爾康斯基公爵昏了頭。」托爾斯泰在《復活》中描寫瑪斯洛娃時一再提到她眼睛斜，但這毫不損害她的迷人之處。

果戈里所描繪的美男子肖像也同樣千人一面，沒有個性。列夫柯生著「鷹隼般的眼睛」，而安德烈的「眼睛煥發著清朗的剛毅之光，天鵝絨般的眉毛彎成勇敢的弧形，曬黑的雙頰閃耀著青春之火的全部光輝，初生的黑鬍鬚光亮得像絲綢一樣。」

　　果戈里懼怕損害他所描寫的人物和大自然的美，有時做得太過分了，竟採用引人發笑的誇張手法。不知您注意到了沒有，勇士塔拉斯・布爾巴有多少體重？二——十——普——特[7]。對了，二十普特。請看第一章的結尾：「布爾巴一躍就上了自己的『魔鬼』，那匹馬感覺到背上壓了二十普特的重量，瘋狂地往後倒退起來，因爲布爾巴是一個體重驚人的胖子。」這樣罕見的胖子無法同波蘭人打仗，只能陳列在怪物展覽館裡賺大錢。描寫第聶伯爾河時，果戈里一定讓人相信：「鳥兒很少能飛到第聶伯爾河的中間。」大概第聶伯爾河兩岸的鳥兒長得很特別吧，因爲鳥兒從別的地方飛遷時能一直飛到大海的彼岸。

　　一旦果戈里甩掉了煞有介事的莊重態度，一旦他眼睛裡閃出笑容，他的這些誇張便非常恰當了。「堂倌麻利地端著托盤走進來，托盤上擺著那麼一大堆茶杯，就像落在海岸上的一大群鳥兒。」「伊凡・尼基福羅維奇卻穿著褶襞這樣大的燈籠褲，如果把褲子吹鼓，可以把整個院子，外帶穀倉和房屋，都一起裝進去。」「另外一個人長著參謀總部拱門那麼大的一張嘴，可是，唉，中午的時候只能吃頓土豆。」

這兒，肖像彷彿著了魔法似的，變活了。沒有任何一般化的特徵，寥寥數筆，一副表現全部性格特徵的嘴臉便完成了。「檢察長，他生有兩條非常濃密的黑眉毛，左眼睛稍微有點眨巴，彷彿在說：『老弟，咱們到隔壁屋裡去，我要跟你說兩句體己話』，不過，他卻是一個嚴肅莊重而又沉默寡言的人。」對索巴凱維奇的那段著名的描寫：「乞乞科夫瞟了索巴凱維奇一眼，這一回覺得他非常像一隻中等大小的熊。更增添這相似之處的是，他身上穿的那件燕尾服完全跟熊皮一樣的顏色，袖子長長的，褲管長長的，走起路來腳掌著地，步履歪歪斜斜，並且不斷地踩在別人的腳上。……大家都知道，世上有許多這樣的臉，造化在捏造它們的時候，不曾多下功夫推敲琢磨……卻只顧大刀闊斧地砍下去……也不刨刨光潔就把他們送到世上來，說了聲：『活啦！』索巴凱維奇便生著這樣一副頂頂結實的、拼湊得極爲奇特的長相：他多半時間把頭向下垂著，而不是朝上昂著，他壓根不轉動脖子，由於脖子轉動不靈的緣故，他的眼睛難得望著談話的對方，卻經常不是望著火爐的犄角，就是望著門。」

人物行走，活動，宛如活人一般。「乞乞科夫瀟灑自如地同幾位女士交談了三兩句挺風雅的話，又跨著細小的快步走到另外幾位女士的面前，……他跨著小步相當伶俐地左右周旋了一番後，就伸出一隻纖小的腳，模樣兒像是在地上劃出短小的一撇，或者是點上一個逗號似的……」他向堅捷特尼科夫自我介紹：「說完這番話之後，來客優雅迷人地行了個禮，輕輕敲了一下腳後踵，那腳穿著挺漂亮的、油亮的漆皮半統靴，扣著一排珠母小扣子，接著，儘管體態豐滿，來客還像皮球那樣輕巧地一縱，略微往後退了一步。」

果戈里在刻畫人物的時候，往往觀察到旁人很少觀察到的人物臉上的細微表情和音調的細微變化，而它們一旦被果戈里抓住，人們便會覺得：怎麼會觀察不到它們呢？

「那麼，我們國內最好的城市叫什麼？」瑪尼洛夫又問道。

「彼得堡。」費米斯托克留斯答道。

「還有一個叫什麼？」

「莫斯科。」費米斯托克留斯答道。

「真是個聰明孩子，好寶貝。」聽到這裡，乞乞科夫說道。「不過，說也奇怪……」這當口他帶著幾分驚奇的神氣，把臉轉向瑪尼洛夫夫婦，繼續往下說：「這麼小的年紀，已經有這麼淵博的知識！我必須對你們說，這孩子將來會大有才幹的。」

他同瑪尼洛夫夫婦告別的時候，對孩子們說道：

「……我再來的時候，一定要帶禮物來。帶給你一把寶劍；你要寶劍嗎？」

「要。」費米斯托克留斯答道。

「帶給你一個鼓；給你一個鼓，好不好？」他向亞爾基德彎下身去，繼續說道。

「一個堵8。」亞爾基德低聲說，低下了頭。

「好的，我下回帶給你一個鼓。一個這麼好的鼓，打起來就會這麼樣：

得爾……魯……得啦——噠—噠，噠—噠—噠……再見啦，寶貝！再見！」說到這兒，乞乞科夫吻了一下他的小腦袋瓜，於是轉過身去對瑪尼洛夫和他的夫人微微一笑，這種微笑通常是人們用來向做父母的表示，他們的孩子的願望是何等天真無邪啊。

在短篇小說〈馬車〉中，車爾托庫茨基被嚇壞了的妻子叫醒：

「起來，起來！快起來吧！」她拉住他的手喊。

「啊？」車爾托庫茨基嘟囔著，伸了個懶腰，沒睜開眼睛。

「起來，親親！聽見了沒有？客人來了！」

「客人？什麼客人？」說完這句話，他發出一陣輕柔的、像小牛犢鑽到母牛身下找咂兒吃時發出的哞哞聲。「哞哞……」他嘟囔道：「小乖乖，把脖子伸過來！讓我親親你。」

果戈里的男女美人說話的時候都是一副樣子，同樣抒情般的激昂調子，而果戈里的每個滑稽人物則都有屬於他個人的獨特語言。曼德爾施塔姆教授在他所著的《論果戈里風格特徵》一書中對於這個問題作了非常細緻的分析，我們只要引用一下就行了。

曼德爾施塔姆教授指出，果戈里的一大群光輝奪目的活生生的人物，使用的語言都極爲鮮明和突出。他們當中的每一位所說的每一句話，都向我們顯示出，除了藝術家塑造他們時所想要表現的思想外，還顯示出他們特徵的總和、氣質，並且顯示得十分有力，就連最著名的幽默家也望塵莫及。我們彷彿聽見他們的聲音，看見他們的各種動作。根據幾句話就能猜出整個人來。

一個人物（赫列斯塔科夫）說了一大串既無聯繫又無意義的句子。詞和詞在語法上也連不起來。他的話把他自己，同時也把他的聽衆，帶到嘟嘟囔囔的或胡說八道的孩子們當中去，有時彷彿要冒出思想來了，但腦袋裡空空如也，一點思想也沒有。他全部的詞彙裡，能找出意義來的總共不過五個到十個詞，因爲他只會罵人、請人打牌、大吃大喝、撒謊騙人——而且是本能地、不自覺地、下意識地。

我們面前是另一位人物（索巴凱維奇）。他用一種非常特別的說話方式表現他的性格，他對所有的人都毫無例外地使用幾個詞兒：「賊」、「強盜」、「騙子」；「這裡面只有一個人是正派人……可是，如果要說實話，連他也不比一隻豬好多少。」他的舌頭轉動得緩慢、自信、費力；這些詞不可能用正常速度說出來，而要放慢速度：「Гога и Магога」、「плечища」、「машинища」、「а в плечищах силища」[9]——這些詞可以一個音節一個音節地念出來，哪一個音都不會由於發音困難而被吃掉。他沒有一句廢話。全都簡單而明瞭。

瑪尼洛夫又是另一種風格。這位先生的甜膩膩的語言說明他沒有一丁點思想。他「想證明」他的「靈魂有磁力」；「沉思冥想之宮殿」；「心靈的命名日」……「如果左右四周都是些好鄰居，那就是另外一回事啦。比方說，如果有這麼一個人，你多少可以跟他談談以禮待人的美德，談談良好的風度，探討一門什麼學問，藉此震撼一下靈魂，激發一種所謂精神上的翱翔……」瑪尼洛夫都幹了些什麼——沒有必要知道。我們照樣能對他瞭如指掌。

諾茲德廖夫則沒有說話的時間——他永遠行動，所以他說話的特點是飛快、破碎、不連貫；他想一口氣說出好幾件事，因而從這件事遠遠地跳到另一件事上。我們若是尋找它們中間的思路，或者提出思想是怎樣轉換的問題，那是徒勞無益的。從他的話中看出他的行動。思想的迅速變化表現出印象的迅速替換。他的插話總是突然想出來的，像火光一閃，沒有經過大腦，脫口而出。

柯羅博奇卡也說自己的話。這是蠢婆娘的話，她只會顛來倒去地重複同樣的話，因爲她什麼也不懂，也聽不明白別人向她解釋的事。這是愚不可及的人的語言。

---

1 亞・列・斯洛尼姆斯基（1881－1964），蘇聯文藝理論家，作家。

2 亞里斯托芬（446－385 BC），古希臘舊喜劇詩人。

3 拉伯雷（1493－1553），法國小說家，作品以幽默諷刺見長。

4 斯威夫特（1667－1745），英國著名諷刺作家。

5 薩爾蒂科夫－謝德林（1826－1889），俄國著名諷刺作家。

6 約・米・維耶利戈爾斯基（18177－1839），米・尤・維耶利戈爾斯基的兒子，一八三八年與果戈里在羅馬相識。老維耶利戈爾斯基是接近宮庭的顯貴，同時又是文學音樂的愛好者，《欽差大臣》的上演和《死靈魂》的出版都得到過他的幫助。

7 一普特合十六點三八公斤。

8 孩子把「鼓」字說成「堵」。

9 「兇狠的人」、「寬肩膀」、「龐然大物」、「膀子有勁」。

8

果戈里的俄語程度很差。他中學時期的書信裡有許多嚴重違反語言規則的錯誤。他寫道：「Не порасскажете ли чегонибудь нам животрепящего」，「целую их сотеро раз」，「к праздинку зима гораздно увеличи тся」，「Он берётся на себя доставить некоторые вещи」[1]等等。他晚期的書信裡仍然有許多大錯。即便經過果戈里整理，準備出版的那些書信裡（《與友人書信選》），也時常會碰到這類句子：「他從明亮的高處環顧整個的俄羅斯大地，欣賞和沒欣賞夠她的廣袤。」「看來，他彷彿用一千隻眼睛瞧著。」把「國務活動家」寫成「國務生意人」。

果戈里本人一直到死都感到自己的俄語不扎實。一八四二年，果戈里的中學同學普羅科波維奇，文學教師和沒沒無聞的詩人，承擔了校訂在彼得堡印刷的《果戈里文集》的任務。於是《死靈魂》的作者給文學教師寫信道：「校對的時候，請你盡量專斷一些，自主一些，任何地方你都可以隨意修改，就像你平時改學生作業那樣。如果老重複同樣結構的長句子，你就給他換個別的，千萬別懷疑這樣換好不好——準好。」果戈里把請人修改的理由解釋成彷彿繕寫人抄手稿時抄出很多錯誤。但果戈里在一八四六年致普列特尼奧夫的信中寫道：「一個天生的作家得來全不費工夫的東西，我卻要費很大勁才能得到。直到現在，我不管如何努力，仍然不能把文字——每個作家首要的、必不可少的工具——錘鍊好。我的文字至今仍這樣粗糙，連最蹩腳的作家都不如，以致剛入學的小學生都有權利笑話我。我所寫的東西只是從心理的意義上來說是出色的，但絕不能成爲文學的楷模，如果有誰勸學生向我學習寫作藝術或描繪大自然的本領，那他就太輕率了。」

果戈里一生都堅持不懈地、細緻地研究俄語，研究每個詞的精微之處以及它們的細微差別。我們已經看到，他不管遇到什麼生僻字、方言和技術術語都不厭其煩地抄在筆記本上。此外，果戈里親手編纂的一部《俗語、古語、稀用語彙集》也保存下來了。這本集子裡的大部分材料都是果戈里從賴夫編纂的俄語詞源詞典中抄錄出來的。果戈里自己還打算編纂並出版一部《大俄羅斯語詳解詞典》——就像現在每個作家所必不可少的達利[2]的《詳解詞典》一樣。

果戈里有了這樣豐富的語言知識，才能在他的領域中達到，不論在他之前還是在他之後，沒有一個土生土長的俄羅斯作家所能達到的境地。

彼得·彼得羅維奇·彼杜赫向廚子點午餐。「……點菜點得多麼津津有味啊！連死人聽見了也準會垂涎欲滴的。『魚肉餡餅可得作成四方形的，』他一邊咂嘴吸氣兒，一邊說道，『一只角裡你給我塞鱘魚的頰肉和脊筋，另一只角裡塞蕎麥粥、帶蔥的蘑菇、甜魚膏、牛腦髓……不過，你得明白，餡餅的一面要烤得又黃又脆，而另外一面要鬆軟一些。還有餡兒，要烤透，把它的滋味統統吸進皮子裡，吸得叫全部餡兒，你知道吧，各種有滋味的東西——成不了片兒，而是一到嘴裡就化，化得像雪一樣快……』彼杜赫一邊說，一邊咂著嘴，把嘴唇皮弄得吧嗒吧嗒響。……彼杜赫還點了許多道菜，只聽見一連串的『要煎，要烤，要蒸得入味。』」

曼德爾施塔姆對上面的這個場面評論道：

這是一段精彩絕倫的描繪，把魚肉餡餅的行家刻畫得入木三分，使讀者如見其人，如聞其聲。但這僅僅是書中無數同樣精彩的描繪之一，有如大海中的一滴海水。在描繪這些場面時，作者往往用千變萬幻的豐富詞彙來形容同一個概念，並且充滿民間色彩，彷彿這些詞兒是直接從它們的創造者嘴裡聽來的：「咂嘴吸氣兒」，「要煎」，「要蒸」，「作呀」，「放進去」，「用罐兒燜」，「烤嫩點」，「把底烙得又焦又脆」，「烤得又鬆又軟」，「把菜配好」，「層層加作料」，「加上點這個」，「放上點那個」，任何人都不曾使用過如此豐富的民間詞彙，而藝術家運用起它們來，猶如在畫布上塗抹各種顏色，使人如眼見手觸一般。

還可以舉出一個例子。乞乞科夫想像他從普柳什金那兒買來的逃亡農奴的命運。

可是你沒有身份證，這下可被縣警察局長逮住啦。對質審問的時候你理直氣壯地站著。「你是誰家的僕人？」警察局長説，趁這個當口衝著你添加上一個挺厲害的髒字眼兒。「某某地主家的，」你回答得爽快利索。……「你幹嘛撒謊？」警察局長問，這時他又夾帶了一個髒字眼兒。……「你幹嘛又撒謊！」警察局長説，又用一個挺髒的字眼兒……「那麼，你幹嘛偷了士兵的外套？」警察局長説，又，衝著你狠狠添加上一個挺髒的字眼兒。

果戈里在表達同一概念時擁有何等豐富的詞彙啊。

他把一些詞換成另外的一些詞，我們便能感到説話人的聲調和性格了。法官告訴縣長，他想送給縣長一條小狗。「兩個地主在我這兒打官司，所以我可以在他們兩家地裡打兔子。」在先前的版本裡縣長回答道：「現在顧不上它們，顧不上什麼兔子不兔子了！我耳朵裡聽見的只有該死的微服察訪的官員。你就等著瞧吧，門忽然打開了，於是他走進來。」最後的版本是：「這會兒我沒有心思聽你的什麼兔子不兔子。我滿腦子裡光是想到那個微服察訪的官員。我們在這兒乾耗著，忽然門一打開，他就闖了進來……」需要巨大的天才——曼德爾施塔姆指出——才能用「他就闖了進來」，這一句話既表現出行爲的突然，又表現出它對官員們所產生的影響；「他走進來」就達不到這種效果，因爲說得太籠統了。

同時，果戈里固執地避免使用任何外國的，非俄國的詞的作法，也是很少見的。它們大抵在果戈里想要加強故事的滑稽效果的地方才會出現。「N城的女士們全是一些所謂大家風度的淑女。」「不過話說回來，女士們絕對不是勢利眼。」「諾茲德廖夫豪爽地喝過兩大杯茶，當然啦，茶裡不是不攙和著羅姆酒的。」「心肝，讓我再給你添一塊甜點心。」[3]等。果戈里修改稿子時極爲留神，只要有可能，總把外來語換成俄國詞。曼德爾施塔姆列舉了大量的例子：「乞乞科夫聽到這樣含有幾分尖酸刻薄的鑑定，一時有些不知所措……」改爲「乞乞科夫聽到這樣含有幾分尖酸刻薄的評語，一時有些不知所措……」「『究竟有什麼用處？』『反正這是我的祕密。』」改爲「『反正這是我的事兒。』」哥薩克「唾棄了自己的過去，以一種狂熱信徒的熱忱沉醉於自由之中。」果戈里把「狂熱信徒的熱忱」改爲「無憂無慮地」。「『8』字形小甜麵包」改成「鎖形白麵包」，「停頓」——「沉默」，「引起食欲」的部分——「刺激胃口」的部分，「難爲情的」——「不好意思的」。[4]

果戈里喜歡使用方言和冷僻的詞，但使用得非常有分寸，十分巧妙，反而使語言顯得生動活潑，更加朗朗上口，完全不需要像別的作家那樣經常加注腳。「在ь小城裡很難遇見過路的人。某一位穿著黃色布禮服的地主，坐在一輛一半像馬車一半像大車的車子裡，在石子路上咕隆咕隆經過的時候，更是非常罕見……「美妙的夏天，窗戶整天敞開著，領主們能塞很多東西的大禮服上的胸衣破舊了。」「一切東西（索巴凱維奇村裡）都頑強固執的，屹立不動的，顯出一副結實而又笨重的樣子。」「可是，索巴凱維奇卻裝痴作呆，彷彿這不是他幹的。」「哥薩克們整頓好行裝，讓輜重車先行，自己再一次同留下來的伙伴們脫帽告別，然後慢慢隨著輜重車走去。」[5]

與活生生的語言相距甚遠的書面語言，乃是我們作家共同的缺點和通病。列夫·托爾斯泰晚年曾幻想把自己的著作「譯成俄文」。對普希金、丘特切夫[6]、屠格涅夫、杜斯妥也夫斯基、契訶夫等人的語言，缺乏修養的讀者很難馬上習慣。唯獨果戈里，雖然俄語比他們都差，卻能使最缺乏文化修養的人接受，並且絕不是遷就他們，也沒有絲毫降低創作的高度。在這方面果戈里是我們所有作家當中最具有民主精神的一個。

1 這些句子在語法或修辭上都有錯誤，大意：「能不能給我們講點有趣的事？」「吻他們一百次」，「到過節的時候冬天就長多了」，「他負責把幾件東西帶到」。

2 符·伊，達利（1801—1872），俄國著名方言學家，用了五十三年的時間編纂了《詳解詞典》。

3 加重點的詞原文是：презентабельный、интересантка、куража、безе 均為外來語。

4 果戈里所換去的詞，在俄語中都是明顯的外來語。

5 加重點的詞原文是：тарабанить、укладистый、безпошаткн、пришипиться、пошапковаться 都是俗詞。

6 費·伊·丘特切夫（1803—1873），俄國詩人。

9

果戈里完全不了解俄國現實生活（幾乎是不可設想的事）

二十年前，文格洛夫[1]曾以這樣的標題發表過一篇文章，由於論點新奇而又無可爭辯，引起過強烈的反響。文格洛夫寫道：

《欽差大臣》和《死靈魂》反映了整個的俄羅斯，這已經成為老生常談了，但作者本人，可以直截了當地說，實際上卻從未親眼見過這個俄羅斯。果戈里只熟悉小俄羅斯和彼得堡。

一八三二年秋天，果戈里把兩個妹妹從家中帶到彼得堡，準備送她們進愛國女校。走到庫爾斯克的時候，他們的馬車出了毛病，果戈里不得不在庫爾斯克住下──「在這無聊而沉寂的庫爾斯克」，住了一個禮拜──果戈里在致普列特尼奧夫的信中這樣寫道。這就是果戈里觀察俄國縣城的唯一機會。他在那裡沒有熟人，當然得住旅館，因此除了旅館裡的餐廳、街道上的招牌、縣城裡的公園之外，未必還能觀察到什麼。[2]此外，果戈里還三次從波爾塔瓦省到彼得堡，兩次從彼得堡到波爾塔瓦省。每次都急著趕路，中途不停頓，什麼地方也沒去過。據文格洛夫的統計，果戈里直接研究俄國外省生活的次數總計：《欽差大臣》問世前的二十七天行程以及在庫爾斯克住的七天，從《欽差大臣》問世後到一八三六年出國前的二十天不停頓的行駛，在國外便寫出《死靈魂》。

「果戈里從未訪問過任何一個俄國地主家，」文格洛夫寫道，「從未在任何一個瑪尼洛夫家裡吃過飯，從未見過索巴凱維奇怎麼吃羊胸脯子，從未在柯羅博奇卡家住宿過，從未到過任何一個被他描寫得如此不眞實的外省舞會，從未見過『全省傾巢而出』的場面，從未目睹過令人喜愛的太太和各方面都令人喜愛的太太如何交談，等等。從一般人認爲對於俄國生活如此典型的人物萬花筒中，果戈里一無所見，什麼也沒觀察到。所有的一切，他都是採用反省法和藝術組合法創造出來的，或以小俄羅斯印象作爲整個俄羅斯典型化的基礎而創造出來的。」

果戈里的俄國生活知識確實極爲有限，不論在生活的本質上還是在生活的細節上，大漏洞比比皆是。據阿克薩科夫說，內行的人認爲，果戈里筆下的外省社會結構完全不正確：在《欽差大臣》中漏掉了司法稽查官、司庫員和縣警察局長。《死靈魂》裡也有一系列嚴重錯誤：民政廳長有兩個，警察局長在省城裡竟是無足輕重的人物；把農民押出去的時候竟加上家眷，乞乞科夫居然不近女色，沒有政府機構頒發的委託書是無法出售別人的農奴的（柯羅博奇卡把委托書交給大司祭的兒子，普柳什金把委託書交給民政廳長），而民政廳長也不能在同一件事情上既是代理人又是經辦人，等等。至於〈賭徒〉，內行的人指出：「現在早已沒有人玩這種把戲了，誰也不會去研究紙牌背面的圖畫。」

如果說，果戈里對地主和官吏生活還多少了解一點的話，那麼他對商人生活可以說一無所知。我們從未見過他同商人接觸的材料。看來，《婚事》僅僅是根據索斯尼茨基、謝普金，也許還有波戈金，所講的故事而寫成的。喜劇中漏洞百出。在充滿從祖先遺留下來的繁文縟節的商人生活中，不經過議婚、訂婚、女友告別晚會，說媒的當天就舉行婚禮，是完全不可想像的。就連神父也無權爲沒有接連三個禮拜天上教堂預先「宣布」的人主持結婚。

像 Яичница、Земляника、Коробочка、Летух、Сквозник - Дмухановский、Добчинский Бобчинский、Держиморда、Неважай-Корыто、Пробка、Доезжай-Недоедешь[1]又算什麼「俄國人」的姓氏呢？俄國的窮鄉僻壤哪兒來的那麼多的烏克蘭人？

不錯，完全如此。對生活缺乏認識，不了解生活習俗……然而，對商人生活習俗極爲熟悉的奧斯特洛夫斯基，卻彷彿完全是果戈里的《婚事》造就出來的。果戈里不熟悉地主生活，但他的索巴凱維奇、柯羅博奇卡、諾茲德廖夫、普柳什金、貝特里歇夫將軍、彼杜赫，卻比對這種生活極爲熟悉的那些作家的中篇小說和長篇小說，更爲眞實地反映出當時的地主生活。果戈里不熟悉當時的外省官吏，但我們卻通過他認識了這群官吏，從縣長、郵政局長到杰日莫爾達和撅嘴子伊凡・安東諾維奇，彷彿他們確實存在過。

就其天才的實質而言，果戈里是自然主義者、現實主義者還是創造過完全脫離現實生活形象的幻想家呢，這不是我們要在本書中探討的問題。但就拿他那些荒誕作品來說吧，其全部魅力仍然在於細微的、極度鮮明的、十分現實的生活特徵，而他的荒誕作品也就是由這些特徵所構成的。乞乞科夫的圓下巴頦兒，索巴凱維奇老踩別人腳的狗熊般的腳掌，彼得魯什卡身上的氣味，縣法官撒了鼻煙的上嘴唇。通過「每天在人周圍旋轉的現實生活碎片」去最廣泛地認識現實生活的形形色色的表現，對果戈里是必不可少的，比起霍夫曼[4]、愛倫・坡[5]或者是我們的列昂・尼得・安得烈耶夫[6]來，更爲需要。

果戈里本人深知自己不熟悉生活，並爲自己的無知以及由此而產生的無能極爲痛苦。《與友人書信選》裡有一封談及《死靈魂》的信，他在信中寫道：

> 我真希望多聽點幹實際事務的人對《死靈魂》的批評。可是不幸得很，

偏偏聽不到他們的任何反應。而這期間《死靈魂》引起了喧囂，招來了不少怨恨；書中的嘲笑、實情、漫畫刺疼了不少人；它觸犯了大家每天目睹的事物秩序7，雖然其中漏洞很多，充滿不合時宜的東西和對許多事物的明顯的無知；有的地方還故意加上得罪人和刺激人的話，或許有人會把我痛罵一頓，而在他的詈罵裡，憤怒中，會對我說出我一直渴望聽到的真話。哪怕一顆心靈發出聲音也好呀！而任何人都能這樣做，並且還能做得更聰明！在衙門裡辦事的人可以向我指明我所描寫的事件中哪些地方不真實，並舉出兩三個實例加以證明……商人可以這樣做，地主也可以這樣做，總之，任何一個識字的人，不論他是待在家裡還是周遊全國，都可以這樣做。哪怕一顆心靈大聲疾呼一下也好呀！彷彿都死絕了，彷彿在俄國居住的不是活人，而真是一群「死靈魂」。還要譴責我對俄國的無知！彷彿我憑藉聖靈的力量，必然會知道俄國各個角落裡所發生的事——沒人指教便能學到！可我，一個由於作家稱號註定要過離群索居的書齋生活的作家，並且還患著病，又被迫遠離祖國，能用什麼方法學到呢？我能用什麼方法學到呢？文學家和雜誌編輯指教不了我，他們也過著離群索居的書齋生活。作家只有一個教師：讀者本人。可讀者卻拒絕指教我。

作家唯一的教師是讀者嗎?不!作家主要的教師是生活。而作家也絕非由於「作家稱號」註定要過「離群索居的書齋生活」。恰恰相反，作家稱號使他有義務貪婪地、死乞白賴地、不偏離方向地研究活生生的生活，把自己所有根鬚都扎進她深厚的土壤中，不僅需要觀察，而且還需要盡可能地在生活中行動，因爲只有在行動中才能眞正認識生活。只有那時，作家在書齋中的離群索居的工作才將富有成效，才能感到腳下堅實的、永不塌陷的立足點。

果戈里只要一坐在書桌前提起筆來，正如我們前面所說的，便對自己極端嚴格。但活生生的現實生活並不吸引他，他厭惡而羞澀地躲開它，孤僻寡言，只在朋友的小圈子裡才感到自在，但只要進來一個外人，便緘默不語。即便在旅途中，果戈里爲了不同萍水相逢的旅伴搭話，多半背過身子，不然便裝出睡覺的樣子。

而在這方面，在直接研究生活的意義上，果戈里對自己的要求是不高的。他那種坐在書桌前永不減弱的嚴格精神不見了。克服自己孤僻的習慣，不知疲倦地在生活的深處游泳或往水裡栽——果戈里既無力量，主要的，也無願望。請看他在《作者自白》中如何解釋「他難於研究生活」的原因吧。這些解釋如此滑稽可笑，反駁起來都顯得荒唐。顯然，果戈里不過隨便找個理由，竭力替自己在研究生活方面的無能和缺乏本領進行辯解罷了。

「我回過俄國兩次，」果戈里寫道，「有一次我甚至打算永遠留在俄國了。我想，現在既然有了了解一切的熱情，一定能夠了解到很多的東西。但眞是怪事！身在俄國我反而幾乎看不見俄國了。我碰到的大部分人都喜歡談論歐洲出了什麼事兒，而不是俄國出了什麼事兒。我只知道英國俱樂部裡出了什麼事兒。衆所周知，每個人都有自己氣味相投的圈子，因此他們很難看到圈子以外的人（！）；首先，他必定同熟人在一起的時間多一些；其次，朋友的圈子自然是愉快的，想要掙脫這個圈子非要作出巨大的自我犧牲不可。」（這難道是要求作家把自己全部的利益爲作家的天職而犧牲的那個人所鄭重說的話嗎？）「我所結識的人說給我聽的全是現成的結論，並非我所尋找的事實……我曾想過很久，生活在俄國用什麼方法才能了解俄國發生的各種事情。即便到全國旅行也沒多大收穫：留在腦子裡的不外是驛站和飯鋪。若非因公出差，想在城市和鄉村裡結識人也相當困難：可能被人當成間諜，而你所能得到的也僅是所謂亂七八糟的喜劇題材而已。如果有人知道旅行者是作家的時候，他的處境就更加可笑了：一半的俄國讀者眞心相信，我活著的目的就是爲了嘲笑人身上所有的一切，從頭嘲笑到腳。」

總之，不管往哪走，道路都不通：絕不可能親自研究生活。如果這些惶惑不安的話裡多少還有幾分誠意的話，那我們便可以得出這樣的結論：果戈里從未嚴肅地給自己提出過研究生活的課題，從未在這方面培養過自己，從未在這件並不比精雕細刻地修改手稿次要的事情上做過任何嘗試。

於是果戈里想出另一條出路。他在《死靈魂》第一卷第二版的序言中登載了「作者向讀者」的呼籲：

> 我的讀者，不管你是誰，身居何位，何等身份，只要上帝賜你識字，並且我的書又落到你手裡，就請你幫助我……書中有許多地方描寫得不真實，同俄國土地上的實際情形不一樣。每一頁都有需要改正的地方：我請求你，

讀者，幫我改正。可別瞧不起這件事。在閱歷豐富、熟悉我所描寫的人物圈子的人們中間，哪怕有一個人對全書從頭到尾提出自己的意見該有多好啊；讀過幾頁之後便聯想一下自己的生活和所遇見過的人，聯想一下眼前發生過的事，聯想一下自己看到的或從別人那兒聽到的同我書中所描寫的類似或相反的事，並把聯想起來的一切都照直寫出來，寫滿一張紙便寄給我一張紙，直到用這種方式讀完全書為止。他將給我多大的切實的幫助啊！我在未能從各個方面多少了解一點俄國生活，即便了解為我寫作所需要的那一點生活之前，我絕不交出我最後的幾卷著作。如果有誰能夠深入本書作者的構思，或發展這種構思，仔細考察書中的每個人物，然後告訴我說，某個人物在這種和那種場合裡應該如何表現，根據前頭的交待他後頭該幹什麼事，他還會碰到什麼樣的新情況，那也不壞；而對我已經寫好的做出補充則更好。

這種讀者同作家共同合作的思想就其本身來說是卓越而有益的。但是，首先，這種合作絕不能代替作家本人對生活的研究；其次，讀者的這類幫助必須以一定的文化水準和社會的支持爲前提，而這在當時是根本無法期望的。於是果戈里又在《作者自白》中傷心地承認道：

> 我曾向《死靈魂》所有的讀者呼籲——不大體面的和不很合適的呼籲。我自己很清楚，很多人都在嘲笑它；但我準備忍受任何嘲笑，只要能夠達到目的。我想，說不定會有五六個人像我所希望的那樣滿足我的請求。其實，我並不要求別人替我修改《死靈魂》：我不過想以此為藉口獲得私人的札記、他一生中所遇到的種種性格和人物的回憶錄以及散發著俄羅斯氣息的故事而已。我想，閱讀《死靈魂》或許可以觸動……但竟沒有收到一份應我請求而寄來的札記；有人在雜誌上用嘲笑回答我。我舉出這些情況是為了表明，我如何竭盡一切力量堅守自己的職責，想出一切措施推動自己的寫作。我不能不在此指出，很多人對我如此渴望獲得俄國的消息而又身居國外的作法感到詫異，他們想像不到，除了健康狀況不佳，需要溫和的氣候外，我所以需要遠離俄國，正是為了思想能更活躍地留在俄國。

果戈里接著指出我們上面提到過的他的創作特點——必須離開他所描寫

的對象。就算如此吧。但總得先把準備寫的東西的材料搜集齊全吧，那時才能從遠處看出些什麼東西來。如果沒有材料，即便具有果戈里那樣的天才的直覺力，旁人的札記和回憶錄也幫不了多大的忙。既然果戈里談到自己的病況，那當然沒有什麼好反駁的了。但他既然非要讓人相信，他「竭盡一切力量堅守自己的職責，想出一切措施推動自己的寫作」，那麼不得不指出，果戈里輕視了推動他寫作的最重要的方法——直接研究生活。

這正是果戈里《死靈魂》第二卷遭到失敗的原因之一。但還有一個更爲本質的原因。

1 謝・亞・文格洛夫（1855－1920），俄國文學史家。

2 作者注：我們有確實的證據，果戈里在《欽差大臣》中所描寫的正是庫爾斯克和庫爾斯克飯店——也是他有機會觀察過的唯一地方。喜劇的最初草稿裡，赫列斯塔科夫說他要到葉卡捷琳諾斯拉夫省去（最後版本改爲薩拉托夫省），說他在圖拉打牌的時候被步兵大尉贏得精光（後改爲奔薩），而從奧西普的話裡我們知道，離他們要去的地方「只剩下三分之一的路程了」。從彼得堡到葉卡捷琳諾斯拉夫，途經莫斯科、田拉和庫爾斯克，而庫爾斯克正位於從葉卡捷琳諾斯拉夫到彼得堡的三分之一路程的地方。

3 這些姓氏大多數都是有意義的普通名詞和動詞：煎雞蛋、草莓、小盒子、公雞、穿堂風—德姆漢諾夫斯基、陀布欽斯基、鮑布欽斯基、抓住他的臉、別睬他—洗衣盆、塞子、乘車去吧—乘不到。

4 霍夫曼（1776—1822），德國十九世紀作家，作品受浪漫主義影響，具有神秘怪誕色彩。

5 愛倫・坡（1809—1849），美國作家，西方現代頹廢派文學的鼻祖。

6 列・尼・安德烈耶夫（1871—1919），俄國現實主義作家，十月革命後僑居國外。

7 指農奴制。

10

一八五二年二月果戈里患了一種神祕的病。他很快就衰弱了，變得急躁痴騃，時常祈禱哭泣，拒絕任何治療，一句話也不說，幾乎一點東西也不吃。

二月十一日夜晚至十二日凌晨，他一個人在自己的房間裡祈禱了很久（他這時住在托爾斯泰伯爵尼基塔林蔭道的住宅裡）。深夜三點鐘果戈里把服侍他的小廝叫到跟前，問他道：

「住宅裡的那一半房間暖和嗎？」

小廝回答：

「冷。」

「給我斗篷，咱們走吧，我要到那邊辦點事兒。」

於是他去了，手裡舉著蠟燭，在他所經過的每間屋子裡劃十字。走進他要去的房間後，他吩咐小廝打開煙囪，手腳盡量輕一些，免得吵醒旁人，隨後吩咐他從櫥裡取出皮包。皮包遞給他後，他掏出一捆用帶子捆好的筆記本，把它們放進爐子裡，用手裡的蠟燭把它們點著。小廝猜到他的用意了，跪在他面前說道：

「老爺！您這是幹什麼呀？快住手吧！」

果戈里回答道：

「這不關你的事。祈禱吧！」

小廝哭起來，請他不要這樣做。這時火已滅了，只燒了筆記本的四個角。果戈里見沒點著，便把這捆筆記本從爐子裡取出來，解開帶子，把它們擺得容易起火，又把筆記本點著了，然後坐在火堆前面的一把椅子上，直到筆記本燒成灰燼。這時他劃了個十字，回到先前的房間，親了小廝一下，便躺在沙發上哭起來。

看來已經準備好付印的《死靈魂》第二卷，便這樣付之一炬了。這第二卷果戈里曾頑強地、忘我地寫了多年。燒毀手稿兩星期後果戈里便死了。

是偉大的創作無端地毀於創作者的手中呢——我們止不住爲它的喪失而哀悼——還是由於作者意識到它內容的拙劣和虛僞而必須將它燒毀呢？說來話長。

果戈里誕生於波爾塔瓦省一座衰敗的地主莊園裡。他父母有二百來個農奴，一千多俄畝土地。果戈里本人並沒當過地主。他一自立，便靠自己的勞動過活，先前作過事（封地局職員、愛國學校教師、彼得堡大學教授），後來靠文學創作爲生。他爲了母親和妹妹的利益放棄了自己應得的一份產業。他不僅沒有從家裡得到過任何接濟，反而——當然次數很少——還資助過非常不善於理家的母親。因此果戈里就其社會地位來說，同別林斯基一樣，應當歸入平民知識分子階層，因爲他具有這個階層人物所有的特徵——必須依靠自己的勞動維持生活，收入不固定，生活永遠沒有保障。

然而果戈里的全部思想意識都是從舊式地方生活內部吸取過來的。而最妙的是，他把童年時代形成的這種思想意識原封不動地帶進他充滿最緊張的藝術追求和創作的生活中去，並且一生都未改變。《欽差大臣》和《死靈魂》的偉大作者，在社會生活、道德、宗教等問題上所持的立場，至死都同他那既幼稚又有點愚蠢的母親一模一樣。在這些問題上他們倆唱著同樣的調子。

一個小姐出嫁了，另一個未能出嫁。果戈里深信小姐們的婚姻操縱在上帝手裡，這都是它預先安排好的：一個出嫁，另一個不出嫁。豐收和歉收當然也是上帝的意志，健康也取決於它。它甚至還要爲果戈里的痔瘡日夜操心，決定什麼時候讓自己的奴僕便秘，什麼時候又恩賜他大便通暢。

農民，當然，還是按照那個上帝的指令替老爺幹活。果戈里在一八四六年致妹妹的信中一定要她到田間監督農民幹活：「你應當對偷懶的農民說，他本來能多幹活，所以不多幹活就是罪過。你以後命令他說，上帝命令他幹活勤快。祂說：『要辛辛苦苦勞動！』因此同地主計較幹活是罪過。你還要對農民們說，他們要聽從管家的話，要學會服從，不管誰命令他們都得服從，即使他是他們當中最壞的一個，因爲沒有任何權力不是來自上帝的。一句話，你這樣對他們說，讓他們看到，替地主幹活也就是侍奉上帝。」幾年後果戈里又寫信對妹妹們說道：「請你們多去看看播種和其他的田間活兒。如果你們不喜歡管理家務，起碼也應該去看看。不管怎麼說，可憐的農民辛辛苦苦爲我們幹活，而我們吃著他們的麵包，反而連看看他們的勞動成果都不願意。這是違背上帝意志的。因此上帝要懲罰我們，把飢饉、災難和各種疾病降臨到我們頭上，甚至剝奪了我們微薄的收入。如果整整幾代人都遊手好閒，那麼他們也將受到嚴懲。那時所有的一切，整個的世界，都會顛倒過來，發生災禍，憤怒的上蒼也會揮起鞭子。」

我們彷彿聽到果戈里尚未創造出來的有管理才幹類型的地主——僞君子——在說話，他竭力用「拯救靈魂的話」打動農民，讓他們爲老爺們的利益拚命幹活。

果戈里還不僅僅這樣寫。他在生活中也是一位最典型的地主老爺。該打的時候就打自己的聽差亞基姆。還有更甚者。一八三二年果戈里從彼得堡回老家瓦西里耶夫卡接兩個妹妹到彼得堡愛國學校讀書。出現了一個難題：女孩子們路上沒有侍女照顧怎麼行？如果果戈里的聽差亞基姆是個有妻室的人就好辦了。於是果戈里和母親馬上作出決定：動身前三天把妹妹們的侍女瑪特廖娜嫁給亞基姆。就這樣——果戈里的一個妹妹在回憶錄中寫道——「完全出乎亞基姆本人和大家的意料，他帶著妻子，小姐們帶著侍女動身到彼得堡去了，而瑪麗亞·伊萬諾夫娜（母親）也非常滿意，因爲一切都是按照家

庭方式解決的。」（《羅斯》一八八五年第二十六期第六頁。奧・瓦・果戈里─果洛夫尼亞。《果戈里家族資料》）

在其他生活問題上，果戈里表現得同樣如此。他的大妹妹特魯什科夫斯卡婭當了寡婦，打算再嫁人。操心的哥哥給母親寫信道：「如果疼愛妹妹的哥哥的忠告對她還有一點分量的話，那我要對她說：不要用孤孀產業換取夫妻生活，如果這種夫妻生活不會帶來大筆進項的話。您只告訴我未婚夫有財產，但並沒告訴我有多大財產。如果他的財產比她自己的大不了多少，那還是不起眼的東西。一個十八歲的姑娘把外貌、善良的心、多情的性格看得高於一切，並且爲了他可以蔑視財產和其他生存手段，是可以諒解的。然而二十四歲的寡婦，又沒有多大的產業，僅僅著眼於這些就不可原諒了。她還年輕，總會遇到合適的配偶。」

是的，果戈里說的是實話：他肯定說，當他鞭笞自己的人物，鞭笞他們的庸俗和卑微時，在很大程度上也在鞭笞自己，鞭笞自己的庸俗和卑微，而且也許還在鞭笞自己的階級和私利呢。

果戈里對政治和任何社會輿論完全無動於衷。當時巴黎沸騰的社會生活只引起果戈里的厭惡。「政治生活，」他在致友人的信中寫道，「是與平靜的藝術家的生活完全對立的生活，令我反感。這兒到處都是政治。每個人爲西班牙的事比爲自己的事還要忙碌。」他的靈魂在義大利得到安寧，享受在教皇格里戈里十四和那不勒斯國王費爾迪南—崩巴（意爲炸彈）殘酷統制下的羅馬和那不勒斯的墳墓般的寧靜，看不見人民所受到的殘酷的壓迫。即使他感到暴風雨前夕全歐洲革命雷電的積聚，也只把它看成侵蝕著對什麼都不滿意的歐洲機體的潰瘍而已。

這種總的生活態度當然不能不反映在果戈里的藝術創作中。藝術家眞正的心緒和感情逃不過稍微留意的讀者的眼睛，即便他千方百計想遮掩的話。關於這一點偉大的美國詩人華特・惠特曼[1]說得好：「你的作品裡沒有一個特徵不是你自己身上的。如果你兇狠或庸俗，那是逃不過任何人眼睛的。如果你喜歡吃午飯的時候背後站著一個僕人，這也會表現在你作品裡。如果你愛叨嘮，好嫉妒，看女人的樣子下賤，這些都會表現在你有意省略的地方，甚至尚未寫出的作品裡。」

請讀讀《死靈魂》中的一個片段。乞乞科夫的馬車夫謝里方打起盹來，把三駕馬車趕進迎面駛來的一輛六駕馬車裡，兩輛馬車的馬攪在一起。聚攏了一群農民，好歹才把馬拉開，但對面來的那輛馬車的馬調起皮來，不管馬車夫怎麼抽它們，就是不肯動彈。

莊稼漢們的同情一下子高漲到了令人難以相信的程度。人人爭先恐後地湊上來出主意：「安德留什卡，你去拉右邊那匹拉邊套的馬，讓米佳依大叔騎到中間那匹轅馬的背上去！騎上去呀，米佳依大叔！」乾癟的、高個兒的、有一把火紅色鬍子的米佳依大叔爬上了轅馬的背……馬車夫給馬抽了一鞭子，可是馬照舊紋絲兒不動，米佳依大叔一點用處也沒有。「別忙，等一等，等一等！」莊稼漢們叫道。「米佳依大叔，你去騎那匹拉邊套的馬，讓米涅依大叔騎在轅馬背上！」米涅依大叔是一個寬肩膀的莊稼漢，生著一把像煤炭一樣烏黑的大鬍子……他挺樂意地騎上了中間的那匹轅馬，差點沒把那匹馬壓得彎到地面上。「現在事情好辦啦！」莊稼漢們齊聲喊道。「火辣辣地給牠幾下子！火辣辣地給牠幾下子！給那邊的黃馬抽幾鞭子，就是像科拉摩拉蚊子那樣賴著不走的那一匹！」可是，事兒毫無起色，看到火辣辣的鞭打也都無濟於事，米佳依大叔和米涅依大叔就一起騎到轅馬上去，卻叫安德留什卡騎那匹拉邊套的馬。終於馬車夫再也忍不住了，把米佳依大叔和米涅依大叔都趕下了馬，他做得很對，因為從馬背上冒出這麼一大股熱氣，彷彿它們一口氣奔馳過了一個驛站路程似的。馬車夫讓幾匹馬歇了一會兒，過後它們就自然而然跑起來了。

眞是一群白痴！……完全用不著熟悉作者的傳記，便可以絕對肯定，這一段一定是出自地主老爺的手筆，農民在他眼裡不過是糊塗蟲和馬虎鬼，什麼正經事也幹不了，一句完整的話都說不出來。講到他們的時候只能帶著寬容而輕蔑的微笑。「您瞧，這種人有什麼可問的！」這當然不妨礙老爺們動了詩興的一剎那充滿感情地談論「活潑而敏捷的俄國人的天生才智」，要不他怎麼算是愛國者呢！

我們上面抄錄的那一段，是《死靈魂》全書中「人民」出場最多的地方。可是小說情節發生在俄國內地，而一半以上的情節又是在鄉村裡展開的。但作者老爺簡直沒注意到農民。除非農民給普柳什金起外號時，使用的難聽字眼準確得令他驚訝，不然便是路上聽到農民笨嘴拙舌地告訴他們通往瑪尼洛夫卡的道路時發出的嘲笑：「往右拐就是上瑪尼洛夫卡的路啦；可是，查瑪尼洛夫卡是壓根沒有的。它就是這個名字，它就叫瑪尼洛夫卡，可是查瑪尼洛夫卡這兒根本沒有。在那邊，你一眼就可以在山上看到一幢房子，一幢磚房……這就是你要的瑪尼洛夫卡，可是這裡壓根兒沒有什麼查瑪尼洛夫卡，從來也不曾有過。」這就是《死靈魂》中的全部人民。有人還指責果戈里，說他小說裡沒有較爲充分地反映出農奴制。在這一點上指責他當然是不行的——當時的審查制度絕不會放過這類東西。

俄國知識界最優秀分子（別林斯基、赫爾岑、巴枯寧[2]、彼得拉舍夫斯基[3]）所投身的革命運動，在果戈里的作品中得到藝術反映，從而又引出列斯科夫[4]、克柳什尼科夫[5]、阿韋納里烏斯[6]、弗謝沃洛得·克列斯托夫斯基[7]、博列斯拉夫·馬爾克維奇[8]等人一系列惡毒誹謗革命運動的反動小說來。

「堅捷特尼科夫年輕的時候，」果戈里在《死靈魂》第二卷中寫道，「捲入過一樁荒唐的事情。兩個酷愛哲學，讀了許多各種各樣的小冊子的驃騎兵，一個沒有結業的學美學的大學生（暗指別林斯基），還有一個輸得精光的賭棍，湊在一塊兒想出了籌備一個慈善協會的主意，這個協會由一個老奸巨猾的騙子和共濟會會員，也是一個愛好紙牌的賭棍，但又是一個巧言善辯的人擔任總會長（看來暗指彼得拉舍夫斯基小組——作者），協會擁有一個宏大的宗旨——給西自泰晤士河岸東至堪察加島的普天下衆生帶來永恆可靠的幸福。必須有一大筆經費；於是從慷慨的協會會員那裡募集到一筆筆的捐款，數額巨大得難以置信。所有這些錢都花到哪裡去了，這一點只有總會長一個人知道。堅捷特尼科夫被兩個朋友拖進了這個協會，這兩個朋友屬於鬱鬱不得志的那一階層的人，他們心地善良，但是由於爲科學、爲教育和爲將來鞠躬盡瘁造福人類舉杯頻繁，後來終究都成了名副其實的酒鬼。堅捷特尼科夫很快就醒悟了，脫離了這一幫人。然而，協會卻已經捲進了一些其他的、對貴族來說甚至是頂不體面的活動中去，後來警察局找上門來了……」

這就是果戈里。愛嘲笑人的命運竟賦予這個人毀滅一切的辛辣的笑的才能，一下子就能從人臉上揭下高尚的假面具、暴露出隱藏在下面的最卑鄙的嘴臉的本領。而又因爲當時俄國很少有不值得嘲笑的東西，因爲卑鄙和庸俗在那兒戴上了最崇高的假面具。因此果戈里的笑自然就成爲鞭笞生活根基的力量了。去世不久的俄國的保守政論家羅贊諾夫[8]極爲出色地描繪過果戈里的笑所起的深刻的革命作用：

事情的本質和「果戈里在俄國出現」的本質在於，俄國曾是或者本身看起來彷彿是「紀念碑式的」、宏偉的、壯觀的國家；果戈里走過所有想像出來的或現實存在的紀念碑，用他那雙瘦弱無力的腳把它們通通踢垮，威武地踢垮，使它們不留下一絲痕跡，只剩下一團不成形的廢墟……您還記得乞乞科夫同貝特里歇夫將軍關於「一八一二年將軍史」的那次談話嗎？如果再把（戈貝金大尉故事）提到這兒來，那麼這兩個片斷僅占偉大而憂傷的史詩、偉大而可怕的史詩中的寥寥幾頁，但它們的印象卻如此不可抗拒，以致讀者從童年起便吮吸入自己心靈的對衛國戰爭的喜悅為之一掃而光。這一年的努力，這一年的痛苦，最後還有它*真正的偉大*——都不知跑到哪兒去了。而其中並沒有任何責難，也沒有嘲笑和挖苦。這幾頁同另外的幾頁沒有什麼不同。只是*詞兒的擺法特別*。它們是怎麼擺的——這個祕密只有果戈里一個人知道。「詞兒」在他那兒成了某種不死的精靈，不知怎麼回事兒，每個詞兒都會說出自己需要說的話，作出自己需要作的事。而一旦它鑽進讀者的頭蓋骨裡，任何鋼鉗子都不能把它夾出來。於是這個「小精靈」——頭蓋骨下面的詞——便待在那兒，嚙噬您的靈魂，把您弄得瘋瘋癲癲，直到您同果戈里一起說出：「黑暗……這世界上多麼黑暗呀！……」為止。果戈里的祕密就在於他用侮辱的、蹂躪的、輾碎的、擊碎的口吻所說出的一切，是完全無法抗拒的：而抵擋他的抒情、激昂和「華麗詞藻」卻並不困難。這後者不過「如此」，飄揚在他神秘天才的界限之外。

因此，果戈里才會在《與友人書信選》中，肆意發表最蒙昧的、極端守舊的見解。果戈里的名字仍然出現在所有竭力摧毀他所維護的原則的人的旗幟上。別林斯基熱烈地歡迎過果戈里。赫爾岑認為，「沒有人比果戈里更高地舉起他把俄國生活釘在上面的恥辱柱了。」車爾尼雪夫斯基一再表明，世界上早已沒有一個作家，對於人民像果戈里對於俄國那樣重要——指的正是果戈里「批判方向」的成效。

果戈里又如何對待自己笑的這種毀壞力量呢？

一八三六年四月彼得堡舞台上首次演出了《欽差大臣》。演出大獲成功。一部分人熱情稱讚它，另一部分人惡毒咒罵它：證明劇本是對官吏的誹謗，這類卑鄙無恥的騙子在世界上根本不存在，應當禁止喜劇的演出，因爲它毀壞社會的基礎。這種對待果戈里劇本的態度使他非常窘迫，非常傷心。他在致波戈金的信中寫道：「所有的階層都起來堅決反對我，這我倒不在乎，但當你看見你所衷心熱愛的同胞毫無道理地起來反對你的時候，當你看到他們把一切都理解得多麼錯誤，多麼不正確的時候，確實有些寒心。把個別的當成一般的，把偶然的現象當成普遍的規律！凡是寫得正確和生動的東西，都變成誣蔑。把兩三個騙子搬上舞台——一千個誠實的人便惱火了，說道：『我們不是騙子。』」

就連思想極端純正保守的波戈金，都爲果戈里對紛紛落在自己頭上的攻擊所持的態度感到驚訝，寫信給他道：「你生閒話的氣了。得了吧，老兄，你怎麼不害臊呢！是你自己把自己弄成滑稽人物的。你想想，作者想咬的是人們的要害。他擊中了目標。人們瞇起眼睛，掉過身子，一邊罵，當然也一邊喊：『我們中間可沒有那種人！』其實你應該高興才對，因爲你看到，目的已經達到了。還有什麼更能證明喜劇反映出了眞理呢！可是你卻生氣了！得了，你不覺得自己可笑嗎？」

但果戈里還堅持己見：

「當你看到我國作家處在何等可憐的處境時，心裡眞感到難過，」他在給波戈金的覆信中寫道，「大家都反對他，沒有旗鼓多少相當的一方替他說話。『他是縱火犯！他是造反者！』而說這種話的人是誰？對我說這種話的是國家的要人，地位顯赫的人。把幾個騙子搬上舞台。大家便都咬牙切齒，幹嘛要讓騙子上舞台呢。騙子們惱火倒算不了什麼；但惱火的是我完全沒把他們當成騙子的人。說騙子是騙子，在我們這兒就被認爲破壞國家機器。只要說出一個多少生動而準確的特徵，就被解釋爲侮辱了整個階層。」

果戈里拋下一切，動身到國外去，爲了在那邊「排遣自己的煩惱」。他在國外寫《死靈魂》第一卷，感受到充滿創作激情的喜悅。「我發誓，我正在做一件一般人做不到的事，」他在致茹科夫斯基的信中寫道，「我感到靈魂裡有一股獅子般的力量」……他完全沉浸在創作中。但心靈中還有一塊灼傷的地方，它時時發燒，不斷提醒他：可別讓人「把個別的當成一般的，把偶然現象當成普遍規律」，「把兩三個騙子搬上舞台」可別煽起讀者對使這幾個騙子得以猖獗的整個制度的仇恨。正如一位「穿戴非常樸素的人」在他的〈散場之後〉裡所說的那樣：「讓人民把政府同政府的惡劣執政者分開。讓人民看到，徇私舞弊不是來自政府，而是來自不明瞭政府的要求，不願意對政府負責任的人。」於是一項任務便落在果戈里肩上：多少緩和一下自己笑得過分傷人的尖刻，在猛烈的否定之後給予某些光明的肯定。

他在準備付印《死靈魂》第一卷時，給普列特尼奧夫寫信道：「請您不要根據即將出版的那卷《死靈魂》來評價它。這只不過是我心中建築的宮殿中的一級台階而已。」他把印好的第一卷寄給波戈金時寫道：「我不能不看到它同續篇比較起來何等微不足道。它同續篇的關係，我總覺得有點像外省建築師匆忙砌成的台階同計劃建築的宏偉宮殿的關係一樣。」果戈里對公爵小姐列普尼娜10說過，第一卷是通往優雅建築物的骯髒庭院。

等到走進那座優美的宮殿時，果戈里又該說出另一番話來了：「至於靈感的狂飆將何時從籠罩著神聖的恐怖和有時閃現光明的篇章裡發生另一種威力，人們又將何時在一片惶惑不安的戰慄中諦聽到另一番莊嚴的雷鳴般的話語……」

這座雄偉的宮殿便是《死靈魂》的第二卷和第三卷，在這兩卷裡應當響起另一番莊嚴的雷鳴般的話語，俄國現實生活中肯定的一面的全部瑰麗都應顯示出來。果戈里在《作者自白》中寫道：「我眞想在自己著作中顯示出俄國人本性中的那些至今尚未得到所有人公正評價的高尚的品質來。」

根據第二卷的殘稿，我們可以判斷出果戈里在什麼地方和什麼人身上看到俄國人本性中的那些高尚的品質了。這便是精力充沛、一心想賺錢的富農——地主柯斯坦若格洛，這便是具有完美無缺品德的專賣商人摩拉佐夫，這便是最高尚的總督，全身充滿公民責任感和對祖國的愛的公爵。果戈里告訴斯米爾諾娃還將出現一位神父，也是正面形象。而結局也很圓滿。果戈里曾告訴大祭司費奧爾多整個史詩將如何結束：乞乞科夫將要新生，開始新的生活，而他的新生是在沙皇親自垂詢下完成的，史詩以乞乞科夫對眞正的堅實的生活發出的第一聲感嘆而結束。

一幅多麼感人肺腑的圖畫：以自己的仁慈使得下流胚乞乞科夫獲得新生的和善的尼古拉皇帝；充滿著對國家的愛和高度公民責任感的克萊因米希爾

們[11]、車爾內紹夫們[12]和本肯多夫們[13]；指出通往新的光明之途的貪婪的地主們、專賣商們、反動的牧師們……《死靈魂》作者的另一番新的莊嚴的雷鳴般的話語所要歌頌的就是這樣的一群人。

我們再從果戈里的一封信中摘引出一段來看看：

> 我的著作《死靈魂》應包括俄國人天性中一切強有力的東西。這部著作只出版了一部分，這一部分嘲笑了一切不符合我國偉大本性的、有損於它尊嚴的東西。將在《死靈魂》其餘部分中出現的已經不是性格猥瑣、庸俗古怪的俄國人，而是性格深沉、內心豐富、蘊蓄著內在力量的俄國人。如果上帝能幫我像我靈魂所渴望那樣把一切都創作出來的話，我對祖國的效勞也許便不會比其他部門的那些高尚而誠實的人少了。許多被我們遺忘、輕蔑、拋棄的東西，必將通過生動鮮明的、令人信服的例子表現出來，並使其發揮作用。必須把許多本質的和主要的東西提示給普通人，特別是俄國人。

您知道果戈里的這封信是寫給誰的嗎？尼古拉的憲兵隊隊長、第三廳廳長奧爾洛夫伯爵！在如何理解俄國生活中肯定的一面的這一點上，《死靈魂》的作者竟指望同俄國憲兵隊隊長的看法一致，並向他申請繼續寫作的津貼，而作品的教益，據果戈里的想像，奧爾洛夫伯爵也將理解。

果戈里頑強地寫《死靈魂》第二卷，但心裡卻非常苦惱。他寫著，忽兒充滿希望，忽兒又灰心喪氣，銷毀了所寫好的稿子，重又充滿精力和信心寫下去。他在生命的最後十年中，所幹的只是這一件事，所想的也只是這一件事。他認爲這是自己崇高的使命，偉大的職責，不完成它，死不瞑目。然而卻毫無結果。這對果戈里來說是莫大的痛苦。沒有比問他第二卷何時問世更讓他痛苦的了。

精神病醫師奇日教授在他所寫的〈果戈里之病〉一文中寫道：「關於《死靈魂》第二卷，一個精神病醫師所能說的話很少：這部作品中創造力衰退得如此明顯，以至可以排除任何懷疑，只能用疾病來解釋這種悲慘現象。」

毫無疑問，果戈里生命的最後十五年一直患著一種嚴重的病。什麼病——至今醫生不能確定。卡切諾夫斯基醫生認爲他患的是嚴重的慢性瘧疾，我們認為他的意見最為可信。不管怎麼說吧，果戈里病得很重，並且經常發病，寫作非常困難。然而第二卷中凡是果戈里發出先前笑聲的地方，他塑造的形象仍然具有先前的魅力。貝特里歇夫將軍、彼得・彼得羅維奇・彼杜赫、柯什卡廖夫同第一卷中的鮮明形象並列在一起，完全當之無愧。無可比擬的乞乞科夫在第二卷中也毫不遜色，仍以近乎軍人的敏捷和閃閃發光的灰色大禮服把我們迷住。我們注意到，創作力衰退最明顯的地方，是果戈里描寫那些堪稱表率的「好人」的地方，諸如烏琳卡、柯斯坦若格洛、摩拉佐夫、總督等人。果戈里在寫他們的時候當然也最為痛苦，經常由於寫得虛偽而陷入絕望，而想用自己全部天才的力量把他們寫活的想法終成泡影。他坐在那兒一個勁兒地寫，寫了又撕，撕了再寫。即使他身心健康，即使他還能喚起創作力最旺盛時期的青春靈感，他能賦予這些人物血肉，使他們煥發出英雄的光芒嗎？當然不能。

別林斯基在就《與友人書信選》一書致果戈里的著名的信中寫道：「如果大家把您的書當成是一種用上天的辦法達到純粹世俗目的的狡猾而過分無禮的詭計，這只能怪您一個人……我聽憑您的良心去陶醉於專制制度的非凡之美（它是安適的，並且據說對您也是有利的）……我只想指出一點：一個人（甚至是最正派的人）只要一染上精神病醫生稱之爲宗教狂的那種疾病，他立刻會對地上的上帝比天上的神祇燒更多的香，甚至做得這樣過分，以致前者想要酬謝他的犬馬之勞，如果不看到這樣做會在社會人士眼裡敗壞自己的名譽的話。」

別林斯基在這一點上的指責是絕對不公正的。我們沒有根據懷疑果戈里主觀上的誠意。他若想從上司那兒得到好處，何必在《死靈魂》的續篇上如此煞費苦心，痛苦熬煎呢。上司的要求並不高，他們甚至欣然接受了庫科利尼克[14]和波列伏依粗俗的愛國主義戲劇，當然也會稱讚果戈里任何「潦草的作品」了。果戈里不是爲了上司才慘淡經營，竭力想賦予正面人物形象以生命力和藝術感染力的。這是他眞正的「精神的事業」，公民的功勛，並一直把完成這項功勛當成自己的使命。

但這樣對果戈里更壞。他主觀上竭盡全力爲沙皇專制制度賴以爲生的官僚貴族階層的利益而寫作，爲它們竭力折斷最富於毀滅性的武器——笑的鋒刃，爲它們力圖把最辛辣的嘲笑和挖苦換成頌歌和讚美詩。他沒能做到這一點。這就是對他精神上的處決。在這種重負下他高尚的天才折斷了翅膀，沒飛上高空，反而在無法解救的痙攣中匍匐於地上。果戈里看到了這一點，但不明白其中的原因，於是在一陣絕望中，把已經令他厭惡的、多年忘我勞動凝結成的著作付之一炬。

當然，果戈里病得很重；當然，在最後幾年中他寫得很艱難。但他創作力的衰退並非由於他無力刻畫索巴凱維奇們、縣長們、商人阿布杜林們，而是因爲他想把索巴凱維奇改扮成柯斯坦若格洛，把縣長改扮成高尚的總督公爵，把阿布杜林改扮成逗笑的、具有美德的專賣商摩拉佐夫。這是天才之中的天才在他創作力最旺盛的時期也無法辦到的。

---

1 華特・惠特曼（1819—1892），美國著名民主詩人，詩集有《草葉集》等。

2 米・亞・巴枯寧（1814—1876），俄國革命家，民粹主義和無政府主義思想家。

3 米・瓦・彼得拉舍夫斯基（1821—1866），俄國革命家，烏托邦主義者。

4 尼・謝・列斯科夫（1831—1895），俄國著名作家。
5 維・彼・克柳什尼科夫（1841—1892），俄國作家。
6 瓦・彼・阿韋納里烏斯（1839—1923），俄國作家，文學史家。
7 弗謝沃洛得・克列斯托夫斯基是俄國女作家娜・德・赫沃辛斯卡婭（1824—1899）的筆名。
8 博列斯拉夫・馬爾克維奇（1822—1884），俄國反動作家。
9 瓦・瓦・羅讚諾夫（1856—1919），俄國作家，政論家，哲學家。
10 瓦・尼・列普尼娜（1809—1891），一八三六年同果戈理相識，以後一直保持聯繫，寫過內容空泛的回憶果戈里的文章。
11 彼・安・克萊因米希爾（1793—1869），尼古拉一世的寵臣，軍屯司令部長官，反動的官吏。
12 亞・伊・車爾內紹夫（1785—1857），一八三二年至五二年俄國軍事部長，棍棒紀律的主張者。
13 亞・赫・本肯多夫（1783—1844），第三廳長官，鎮壓十二月黨人起義的劊子手之一。
14 涅・瓦・庫科利尼克（1809—1868），劇作家、詩人、小說家，果戈里涅仁中學同學，果戈里向來討厭他。

Passion 08
果戈里是怎樣寫作的

作者：魏列薩耶夫 Vikenty Vikentevich Veresaev
譯者：藍英年
責任編輯：李珮華
封面設計：張士勇工作室
法律顧問：全理法律事務所董安丹律師
出版者：英屬蓋曼群島商網路與書股份有限公司台灣分公司
台北市10550南京東路四段25號10樓之1
TEL：886-2-25467799 FAX：886-2-25452951
讀者服務專線：0800-252-500
e-mail：help@netandbooks.com
網址：http://www.netandbooks.com
郵撥帳號：19542850
戶名：英屬蓋曼群島商網路與書股份有限公司台灣分公司

發行：大塊文化出版股份有限公司
台北市10550南京東路四段25號11樓
TEL：886-2-87123898 FAX：886-2-87123897
讀者服務專線：0800-006689
e-mail：locus@locuspublishing.com
網址：http://www.locuspublishing.com
郵撥帳號：18955675
戶名：大塊文化出版股份有限公司

總經銷：大和書報圖書股份有限公司
地址：台北縣新莊市五工五路2號
TEL：886-2-89902588
FAX：886-2-22901658

排版：帛格有限公司
製版：瑞豐實業股份有限公司
初版一刷：2006年11月
定價：新台幣200元
ISBN-13：978-986-82711-3-5
ISBN-10：986-82711-3-4
Printed in Taiwan

國家圖書館出版品預行編目資料

果戈里是怎樣寫作的／魏列薩耶夫（V. V .Veresaev）著
；藍英年譯.－－初版.－－臺北市：網路與書
出版：大塊文化發行，2006〔民95〕
面；　公分.－－（Passion；8）
ISBN 978-986-82711-3-5（平裝）

1. 果戈里（Gogol，Nikolay Vasilievich,1809-1852）
- 作品研究

880.45　　95020885

10550 台北市南京東路四段25號10樓之1

廣 告 回 信
台灣北區郵政管理局登記證
北台字第15343號

英屬蓋曼群島商網路與書股份有限公司臺灣分公司　　收

地址：□□□□□ ________市／縣________鄉／鎮／市／區

________路／街____段____巷____弄____號____樓

請沿虛線摺下後對折裝訂寄回，謝謝！

Net and Books 網路與書

編號：NP008　書名：果戈里是怎樣寫作的

Net and Books 網路與書

讀者服務卡

謝謝您購買本書！

如果您願意收到網路與書最新書訊及特惠電子報：

- 請直接上網路與書網站 **www.netandbooks.com** 加入會員，免去郵寄的麻煩！
- 如果您不方便上網，請填寫下表，亦可不定期收到網路與書書訊及特價優惠！
  請郵寄或傳眞 +886-2-2545-2951。
- 如果您已是網路與書會員，除了變更會員資料外，即不需回函。
- 讀者服務專線：0800-252500　email: help@netandbooks.com

姓名：________________　**性別**：□男　□女

出生日期：____年____月____日　**聯絡電話**：________________

E-mail：________________________________

從何處得知本書：1.□書店　2.□網路　3.□大塊電子報　4.□報紙　5.□雜誌
6.□電視　7.□他人推薦　8.□廣播　9.□其他

您對本書的評價：
(請填代號 1.非常滿意 2.滿意 3.普通 4.不滿意 5.非常不滿意)
書名____ 內容____ 封面設計____ 版面編排____ 紙張質感____

對我們的建議：________________________________